Andersträumen

Sylvia de Haan

Sylvia de Haan

Andersträumen

Copyright © 2021 Sylvia de Haan
2.Auflage, 2024

ISBN: 9783753477091
Herstellung und Verlag:
BoD – Books on Demand, Norderstedt

Prolog

Auch der weiteste Weg beginnt mit dem ersten Schritt
(Konfuzius)

Heike kam natürlich auf letzten Drücker. Wie immer war es zu Hause chaotisch gewesen – Mattis hatte noch kurz bevor sie losgefahren war beim Abendessen einen Becher Milch quer über den Tisch gekippt und Jan war gerade erst nach Hause gekommen. Vom Zustand der Küche gar nicht erst zu sprechen. Sie schob sich schwitzend, erschöpft und außer Atem durch die schmale Sitzreihe zu Sabine, die ihr einen Platz freigehalten hatte. Da ergriff auch schon die hübsch zurecht gemachte Frau vorne im Raum das Wort „Einen schönen guten Abend zusammen! Ich freue mich, dass Sie alle heute hier bei *„Zeit für mich"* sind!" Damit deutete sie auf eine große sehr schön gestaltete Werbetafel neben sich, auf der in geschwungenen Buchstaben „ZFM – Zeit für mich" stand. *Zeit für mich!* Heike atmete, so leise sie konnte, tief ein und versuchte sich zu entspannen. Heute ging es endlich mal um sie. Nicht um die Kinder, den Haushalt, den Job, den Mann, die Freunde… einfach nur um sie selbst. Sie konnte sich nicht erinnern, wann sie zum letzten Mal etwas nur für sich gemacht hatte. Ihre beste Freundin Sabine

1

und sie hatten sich dazu entschlossen, gemeinsam ein Treffen der neuen Ernährungsgruppe zu besuchen, um ihren Kilos endlich zu Leibe zu rücken. Heike hatte zwar etwas Sorge, dass es wieder nicht funktionieren würde, aber es war zumindest eine Chance. In den letzten Jahren hatten Sabine und sie unzählige Diäten begonnen und abgebrochen – man konnte sie zweifellos als Diätexperten bezeichnen – nur abgenommen hatten sie leider nicht. Im Gegenteil. Sabine hatte ihre Kollegen mit Kohlsuppe gequält, Heike hatte ungefähr zwanzigmal mit einer Eiweißdiät begonnen, um nach ein paar Tagen in einem Anflug von Unlust dann doch den Kuchen bei einer Freundin oder zwischendurch eine Packung Kekse zu vertilgen, wenn es besonders anstrengend mit den Kindern war und der ewige Schlafmangel durchkam. Sie hatte sämtliche auf dem Markt befindliche Diät-Shakes getestet – die ersten beiden Shakes kamen ihr immer unglaublich lecker vor – ab dem dritten war es nur noch erträglich und an Stelle des vierten Shakes war es dann doch wieder eine Tiefkühlpizza und eine Packung Schokoriegel. Auch Heilfasten, Intervallfasten, Diäten aus diversen Zeitschriften, FdH, Trennkost und nahezu jedes andere Abnahmekonzept waren nach spätestens zwei Wochen passé gewesen. Obwohl Tausende von Menschen mit diesen Methoden erfolgreich abgenommen hatten – bei ihr funktionierte es schlicht nicht. Irgendwas war immer und sie konnte sich nicht erklären, warum es bei allen anderen funktionierte, nur bei ihr nicht – immer wieder machten ihr zu viele Termine, zu viel Stress, Schlaf- und Zeitmangel, Geburtstagseinladungen oder spontane Treffen mit anderen Müttern einen Strich durch die Rechnung – wer schaffte es im Zustand völliger Erschöpfung schon, den Kuchen inklusive des Latte Macchiatos zugunsten eines stillen Wassers abzulehnen? Abgesehen davon war die Frage „finden Sie heraus, warum Sie essen und in welcher Situation" auch nicht so einfach zu beantworten. Schließlich aß sie bei Frust, Unzufriedenheit, Zufriedenheit, Stress, Freude, Glück, aus Spaß, bei Erschöpfung, Enttäuschung, Müdigkeit, als Trost und natürlich auch gerne als Hobby mit Freundinnen im Restaurant. Diese ganzen Dinge konnte man ja nicht einfach so weglassen. Nicht ohne dass eine große verstörende Leere entstehen würde jedenfalls. Die Gruppe *ZFM* hatte Sabine in der Tageszeitung entdeckt und Heike überredet, es noch einmal neu zu versuchen. Jetzt oder nie! Das Konzept bestand aus einer Mischung aus klassischem Kalorienzählen, diesmal aber kombiniert mit Yoga und einer Form mentaler Unterstützung. Zur Ruhe kommen, sich auf sich selbst und den eigenen Körper besinnen. Nicht ganz billig, aber der erste Eindruck an diesem Abend war, dass sich das Geld lohnte. Der Raum war erinnerte an eine Wellness-Oase, ein angenehmer Duft erinnerte an den Besuch in einem Massagestudio. Es gab etliche Bambuspflanzen und einige Buddha-Statuen, an der Seite lagen Matten in einem hellen grün für die Yoga-Einheiten bereit. In der hinteren Ecke des Raumes konnte Heike den Bereich Ernährung mit einigen Kochbüchern sowie sonstigen Artikeln und einigen Lebensmitteln erkennen. Sie fühlte sich sehr wohl und ein Gefühl von Ruhe durchströmte sie. Das könnte wirklich funktionieren.

Heike war schon immer etwas kräftiger gewesen, was durch die beiden Schwangerschaften und die Jahre danach nicht besser geworden war, während Sabine früher immer schlank war – aber auch bei ihr hatte der nachmittägliche Kuchen unübersehbar Spuren hinterlassen. Sie war etwas kleiner als Heike und von den Pfunden her war es vermutlich ähnlich, soweit Heike es einschätzte. Sie beneidete Sabine um ihre dicken blonden schulterlangen Haare. Auf die Waage hatte sich Heike nun schon bestimmt ein Jahr lang nicht mehr getraut – oder vielleicht auch zwei – wer wusste das so genau, aber jetzt waren sie ja hier. Eine informative und motivierende Stunde später saßen die Freundinnen in Heike`s Auto und waren ebenso ernüchtert wie euphorisch. Euphorisch, weil die Gruppenleiterin ihnen gut zugeredet hatte, dass sie, wenn sie sich wirklich an die Kalorienvorgabe hielten, schon sehr bald die ersten Erfolge würden verzeichnen können. Sie hatte ihnen neben den Unterlagen viele Tipps für den Start gegeben und ihnen eine erfolgreiche Woche gewünscht. Ernüchtert waren sie vom Ergebnis der Waage. Während Sabine mit 95 kg bei einer Größe von 1,70m noch vergleichsweise glimpflich davongekommen war, wäre Heike beim Anblick des Eintrags in ihrem kleinen Heft am liebsten tot umgefallen. 120 kg stand dort unübersehbar. Sie konnte es kaum fassen. Sie war 1,75 m und hatte ihr ganzes Leben lang nicht mehr als 85 kg gewogen – sie hatte ebenfalls mit 95 oder vielleicht 99 kg gerechnet – niemals jedoch mit 120. Um ein noch gesundes Normalgewicht zu erreichen, musste sie auf mindestens 80 kg kommen – eine unvorstellbare Zahl. Sie mochte nicht darüber nachdenken, wie sie das schaffen konnte. Das waren 40 kg, die sie abnehmen musste. Für Sabine waren es dagegen nur 20 kg – wie ungerecht. Heike wollte nicht neidisch sein, aber jetzt war sie es doch. Wie hatte sie sich so täuschen können in den letzten zwei Jahren. „Hey, das schaffen wir doch mit links, Du hast doch gehört was sie gesagt hat!" versuchte Sabine sie aufzumuntern, die gesehen hatte, dass Heike die Tränen in den Augen standen. Heike sah blinzelnd zur Decke „Du hast ja auch nicht so viel zu schaffen wie ich!" Sabine sah sie mitfühlend an „jaa, ich weiß…

aber komm, gemeinsam schaffen wir das alles! Du bist jetzt schon eine attraktive Frau, wenn wir am Ziel sind, können sich alle warm anziehen!" Sie hielt Heike die Hand zum Einschlagen in die Höhe. Heike musste lachen und schlug getröstet ein. „Auf in den Kampf!"

März

Die Geduld nicht verlieren,
auch wenn es unmöglich scheint,
das ist Geduld
(Weisheit auf Japan)

Meine innere Göttin...! Seufzend schlug Heike das Buch zu, knipste das Licht aus und ließ sich in die Kissen fallen. Warum gab es eigentlich immer nur dieselbe Art Romane: junge attraktive Single-Frau verliebt sich in einen älteren wohlhabenden Womanizer. Gab es nicht viel mehr auf der Welt? Oder war dies die einzige Variante, die die Gesellschaft sehen und akzeptieren wollte? Beim genauen Betrachten waren nur drei Lebensmodelle für eine Frau in der Welt denkbar. An erster Stelle natürlich die treusorgende und erst recht immer treue Ehefrau, die sich niemals im Leben anderweitig verlieben würde, zweitens die Single-Frau und alternativ maximal noch die Frau mit dem viele Jahre älteren Mann. Ende der Möglichkeiten. Wer als Frau eine Lebensgefährtin hatte, wurde von vielen noch immer skeptisch beäugt, Frauen, die eine Affaire hatten, wurden in Deutschland zum Glück zwar nicht mehr totgeschlagen, aber zumindest totgeschwiegen und die Variante viel jüngerer Mann war ebenfalls quasi nicht existent. Völlig undenkbar. Sie fragte sich, woran das liegen konnte. Sie selbst lebte zum Glück völlig unbehelligt von diesen Sorgen in einer von der Gesellschaft als „normal" abgesegneten Ehe und hatte somit keinerlei Probleme damit – aber es machte sie dennoch nachdenklich. Alles sprach immer von Gleichberechtigung, Offenheit und Selbstbestimmung – aber bei genauem Hinsehen hatte sich die Gesellschaft kaum verändert. Als würden Gefühle einem festen Plan folgen. Alles was außerhalb des Plans passierte, war automatisch „falsch".

Scheidungen waren der Beweis für ein Versagen, langjährige Beziehungen ohne Sex eine Lebenslüge, Seitensprünge ein Zeichen für Charakterschwäche und so weiter und so weiter. Wenn dies alles falsch und verwerflich war, warum war es dann allgegenwärtig? Waren all diese Menschen von Grund auf schlecht und charakterschwach oder waren die Dinge vielleicht am Ende einfach nur normal und menschlich? Heike war dankbar, dass bei ihr selbst alles so unproblematisch war. Sie hatten einen liebevollen Mann, zwei gesunde Kinder und war sehr dankbar für alles. Dass ihr Liebesleben in den letzten Jahren etwas eingeschlafen war, schob sie vor allem auf die Erschöpfung – aber sie fragte sich trotzdem manchmal, ob das schon alles war.

Nach ein paar Tagen im Programm von *ZFM* waren Heike und Sabine hochmotiviert – es war tatsächlich erschreckend, wie viele Kalorien sie in den letzten Jahren tagtäglich verputzt hatten, ohne es zu merken. Zum Frühstück zwei bis drei belegte Brötchen, zwischendurch mal hier und dort einen Keks oder einen Schokoriegel, mittags zwei große Portionen Nudeln mit Käsesoße, nachmittags Kuchen, abends Pizza und zum Fernsehen Schokoriegel und Chips. Dass das alles nicht besonders gesund gewesen war, war schon klar gewesen – nicht jedoch wie viele Kalorien es wirklich gewesen waren. Nun erklärte sich auch ohne Weiteres die Zahl auf der Waage. Heike hatte ihren ersten Schock überwunden und zwang sich von Tag zu Tag, an ihr Programm zu denken und nicht nur an die nötige Abnahme, das hätte sie zu sehr frustriert und demotiviert. Sie kleidete sich schon immer schick und elegant – und an den Kilos würde sie nun arbeiten. Anstelle der belegten Brötchen gab es zum Frühstück nun Skyr oder Joghurt mit Haferflocken und frischem Obst – ab und zu auch mal einem Löffel Marmelade. Wenn ihr nach etwas Pikantem war, aß sie auch mal Knäcke- oder Vollkornbrot. Im Internet gab es zum Glück unendlich viele kalorienarme Rezepte, es kostete nur etwas Überwindung sie auch rauszusuchen und zuzubereiten, aber das war ja auch normal. Die Zahl an ihrem Wiegetag sagte Heike, dass sie am Ball bleiben musste. Auch Bewegung war viel zu kurz gekommen in den letzten Jahren. Sabine schenkte ihr zum Geburtstag Ende März ein Fitnessarmband zur gemeinsamen Schrittzähl-Challenge. So zwang sich Heike trotz der kalten Temperaturen eisern zu immer längeren Gassigängen. Selbst ihre Hündin Lotte schien etwas irritiert.

Es war schwer sich auf das Telefonat zu konzentrieren, während es im oberen Stockwert immer lauter wurde.
„Wie bitte? Ich habe Sie akustisch gerade nicht verstanden!"
Der gerade neu begonnene Satz der Arzthelferin ging im laut gebrüllten „DU ARSCHLOCH!!!!" unter. Es knallte, eine Tür flog zu und ein lautes Aufheulen dahinter ertönte.
„Entschuldigung, WAS haben Sie gesagt?"
Die Dame am anderen Ende der Leitung schien zunehmend genervt und Heike fragte sich, ob sie wohl kinderlos war.
„Ich kann ihnen noch einen Termin anbieten am Donnerstag..."
„MAMA – Mattis hat mich getreten!" heulte Jonna in den Hörer.

Heike deutete ihr deutlich ein „jetzt nicht, ich telefoniere" – das schien jedoch nicht anzukommen.

„Donnerstag, sagen Sie? Welches Dat..."

„MAAAMA!!!! MATTIS HAT M..."

„warte doch mal kurz, es passt jetzt nicht!"

Aus dem Hörer war ein „24. Chhrrchrr" zu hören.

„Wie bitte? Moment mal..."

„MA-MA! Jetzt hör doch mal, MATTIS HAT..."

Heike platzte der Kragen. Laut brüllte sie in den Hörer „JETZT HALT ENDLICH DIE KLAPPE, ich TELEFONIERE!!!"

Die Arzthelferin quietschte entsetzt auf und schimpfte „können Sie nächstes Mal bitte nicht in den Hörer brüllen?"

Heike platzte fast vor Wut. Dämliche Schnepfe! Definitiv Single und kinderlos. Was konnte sie dafür, wenn sie einfach nie in Ruhe telefonieren konnte, solange sie sich nicht in der Küche einschloss! Sie war konsequent und ihre Kinder gut erzogen – und trotzdem passierten solche Dinge immer wieder. Wer davon keine Ahnung hatte, sollte am besten ganz still sein. Laut und deutlich sagte sie daher kühl „24. April? Da kann ich nicht, da muss ich arbeiten. Ich melde mich wieder. Wiederhören." Und legte auf.

So eine blöde Kuh. Wie auf Kommando war es totenstill im Haus. Ihre 10jährige Tochter sah sie erwartungsvoll und höflich wartend an und der

Kleine oben hatte sich auch beruhigt, man hörte ihn leise singen. Super. Ihr Herzrasen verlangsamte sich allmählich. War doch alles schön, oder? Sie wohnte in einem netten kleinen Haus, hatte zwei liebe gesunde Kinder, einen Hund, einen fleißigen Ehemann und einen guten Job. Idylle pur. Warum fühlte es sich dann oft an wie das Leben neben einer Kreissäge? Der Termin bei der Chiropraktikerin war jedenfalls erstmal geplatzt und beim nächsten Besuch dort durfte sie sich auch noch fühlen wie der letzte Depp. Prima. Jetzt nur noch die Küche aufräumen, Jonna zum Ballett fahren, mit Mattis einkaufen, Gassi gehen, den Termin beim Friseur wegen des gesunden Frühstücks verschieben, das Anmeldeformular für die Osterferienbetreuung ausfüllen, drei Überweisungen machen und heute Abend der Elternabend anlässlich Jonna`s Klassenfahrt. Morgen früh wieder um 7.00 Uhr bei der Arbeit sein. Allein bei dem Gedanken überfiel sie eine bleischwere Müdigkeit. „Mütter trinken doch den ganzen Tag nur Kaffee" fiel ihr der Satz eines kinderlosen Bekannten ein. Wenn das hier sich wie Kaffee trinken anfühlte, fragte sie sich, ob ihr Vollzeitjob vor den Kindern eine Art Paradies der Selbstbestimmung und Freizeit gewesen war. Sie seufzte und wandte sich Jonna zu.
„Was war denn los?"
Jonna zuckte die Achseln.

„Keine Ahnung, wir haben uns aus Spaß geschubst und einmal war es zu doll, da hat er mich getreten..." Heike verdrehte die Augen und wischte gedankenverloren mit einem feuchten Tuch über die Küchenablage — eine Bewegung, die sie gefühlt zwanzigmal täglich machte und die ihr inzwischen in Fleisch und Blut über gegangen war — sie ertappte sich inzwischen selbst an den Empfangstresen bei den Ärzten während der Wartezeit ausgelegte Flyer und Infozettel gerade zu rücken — sie konnte einfach nicht mehr „nichts tun" — einfach nur so dastehen und warten, das machte sie nervös. Einfach so zuhören ohne nebenbei etwas weg-, auf- oder umzuräumen, abzuwischen, aufzuwischen, wegzubringen, hinzustellen, einzutragen, durchzustreichen. Multitasking war im Alltag mit Job und zwei Kindern überlebenswichtig geworden, zumindest wenn man wenigstens ab und zu mal ein paar Minuten nichts tun zu können — nichts — das war inzwischen eigentlich ein Pseudonym für Whatsapp, Ihrer einzigen Verbindung zur Außenwelt. Nichtstun konnte sie schon lange nicht mehr vor 22.00 Uhr. Was hätte nichts auch sein sollen. Ein Buch lesen? Mitten am Tag zwischen unendlich vielen Verpflichtungen? Sie schaffte keine zwei Zeilen, sich zu konzentrieren. Kaffee trinken allein? Mit dem Geschirrspüler? Sie fühlte sich zwischen allen Pflichten, Verpflichtungen, Aufgaben, Stress und

Chaos oft sehr einsam und erschöpft und fragte sich, ob es anderen Müttern denn nicht so ging. Wie konnten sie sich nachmittags ausgelastet und glücklich fühlen, während sie Wäsche in den Trockner räumten, Taxidienst übernahmen, oder wie selbstverständlich Kekse für Spielbesuch auf Teller legten, am besten noch mit einer Auswahl von klein geschnittenem Obst und Gemüse. Keine Gespräche mit Erwachsenen, keine „erwachsene" Kommunikation, keine Zeit für eigene Gefühle, Sorgen und Interessen. Oder vielleicht war dies ja alles das Interesse der anderen Mütter. Aufräumen, Wäsche und Obst schneiden. Dann war es kein Wunder, dass es sie komplett auszufüllen schien. Sie selbst fühlte sich oft gestresst und überfordert von all den endlosen Terminen und Pflichten des Alltags und das Einzige, bei dem sie sich entspannend konnte, war das Essen – und nun durfte sie selbst dies nur noch eingeschränkt. Wie sie das aushalten sollte, war ihr noch nicht klar. Sie liebte ihre Kinder über alles und war glücklich, wenn sie mit ihnen gemeinsam etwas Schönes unternehmen konnte – aber ein Tag zwischen Büro und dreckigem Geschirr fühlte sich nicht so traumhaft an. Jonna holte sie aus ihren Gedanken.

„Ich mache in Sachkunde ein Referat über Delphine" erzählte sie eifrig. Kannst Du mir noch was aus dem Internet ausdrucken?"

„Klar mein Schatz."

Heike hatte sofort ein schlechtes Gewissen. Es war doch alles gut. Sie nahm sich vor, sich wieder mehr freie Zeit für die Kinder zu schaufeln - und vielleicht sollte sie sich auch einfach mal wieder einen Tag für sich selbst frei nehmen, um durch die Stadt zu bummeln - das hatte sie schon ewig nicht mehr gemacht.

Ein paar Tage später saß Heike mit Sabine in ihrem Stammbistro Alex beim Frühstück und versuchte herauszufinden, wie sich die ganzen Alltagssorgen bei anderen anfühlten. Beim Thema wenig Sex, schüttelte Sabine gleichgültig den Kopf und köpfte ihr Frühstücksei.

„Nö, da denke ich eigentlich nie drüber nach – ich will ja auch mit keinem anderen".

Heike sah sie nachdenklich an. Es gab also zigtausend Ehefrauen oder womöglich auch Ehemänner, die heimlich Erotik-Bestseller lasen, sich aber im Alltag zufrieden mit ihrer Ehe-WG arrangiert hatten. Keine Spannung mehr, nur noch nette Fernseh- und Grillabende oder alltags meist nicht mal das. Sie fragte sich, ob das nun normal war und alles darüber hinaus in den Bereich der Dekadenz gehörte. Gab es wirklich nur Sicherheit oder Spannung? Und wenn ja, was war besser? Konnte man glücklich sein, wenn eins von beidem fehlte? Oder wie sonst schaffte man es, keine Sehnsucht mehr zu haben nach der Welt, dem Leben und dem Abenteuer? Noch war es ihr trotz allem nicht gelungen, aber vielleicht gab es einen Trick. Dekadent. Natürlich war dieser Gedanke dekadent. Was sollte man noch mehr vom Leben erwarten als die Gesundheit der eigenen Kinder und natürlich auch der eigenen. Wenn man noch dazu ein Haus und einen Job hatte und nicht im Krieg lebte, verbaten sich eigentlich jegliche Gedanken daran, was es theoretisch noch alles geben würde. Aber vielleicht gab es noch etwas zwischen Alltagsfrust und Dekadenz. Sie war nur bisher nicht darauf gekommen, was es sein könnte. Sabine war ihre älteste Freundin, sie kannten sich schon seit 30 Jahren und waren beide seit 15 Jahren verheiratet. Mit ihr konnte sie über alles reden.

„Du, ich hab einen Töpferkurs gebucht" strahlte Sabine sie an „dann hab ich endlich mal wieder was für mich!

Heike sah sie nachdenklich an und war sich unsicher, ob sie nun neidisch oder entsetzt sein sollte. Sie selbst hatte schließlich nicht mal einen Töpferkurs, aber das war eigentlich auch nicht, was sie sich unter Selbstverwirklichung vorgestellt hatte.

„Sebastian und ich fahren am Wochenende zusammen nach Berlin!" legte Sabine nach „wir wollen endlich mal wieder mehr Zeit zusammen verbringen".

Heike mochte Sebastian. Er war groß, sehr schlank, hatte schwarze Haare ohne einen Hauch grau darin und sah immer sehr elegant aus in seinen Anzügen.

„Ohne Kinder?"

Heike reckte den Hals nach der Bedienung, sie brauchte dringend noch einen Cappucchino. Seit Sabine und sie zu *ZFM* gingen, war Cappucchino ihr absolutes Lieblingsgetränk. Ein kleiner Cappu hatte nur wenig Kalorien und bestenfalls trank man ihn natürlich ohne Zucker oder Süßstoff. Inzwischen war es recht voll im Café. Sabine tupfte mit der Serviette ihren Mund sauber und faltete sie zusammen.

„Ja, cool nicht? Sie bleiben bei meinen Eltern!"

„Achso, ja, echt super – einen Cappucchino hätte ich gern noch!"

Die Bedienung nickte Heike freundlich zu. Sie war vielleicht 23 Jahre alt, hatte glatte schulterlange braune Haare, sehr schöne braune Augen, ein hübsches Gesicht und volle Lippen – dazu einen zwar dezenten, aber dennoch nicht zu übersehenen Nasenring, ein sogenanntes „Septum-Piercing", eins dieser Dinger, bei denen man automatisch an einen Stier denken musste. 22 Jahre jünger als sie selbst. Heike konnte es kaum glauben und wollte sich lieber nicht vorstellen, wie alt Sabine und sie der Bedienung wohl vorkamen – dabei waren sie selbst vor einem Augenblick noch 18 und zusammen auf Studienfahrt in Rom gewesen. Es war schon erschreckend.

„Ich könnte mir niemals vorstellen etwas mit wem anders anzufangen!" riss Sabine sie aus ihren Gedanken „so bin ich einfach nicht".

April

Verbringe die Zeit nicht mit der Suche nach einem
Hindernis, vielleicht ist keines da
(Franz Kafka)

Ein paar Tage später winkte Heike Jonna noch kurz zu
„Viel Spaß und bis heute Abend – ich hole Euch dann
bei Sabine ab!"
Sie sah ihrer Tochter nach, während sie im Eingang
der Schule verschwand. Mattis hatte sie bereits zuvor
in den Kindergarten gebracht. Heute war ihr erster
freier Tag seit vielen Monaten. Sabine`s Berlin-Tour
hatte sie zum Anlass genommen, ihren Shopping-Tag
nicht noch länger aufzuschieben. Praktischerweise
hatte ihre Freundin gleich angeboten ihre Kinder
nach Schule und Kita zu sich zu nehmen, da Jan
natürlich arbeiten musste. Er hatte viel
Verantwortung in seinem Architekturbüro, so dass er
ungern einen Tag frei nahm, nur damit sie shoppen
gehen konnte. Pflichtbewusstsein zählte eindeutig zu
seinen guten Seiten. Auf der anderen Seite kamen sie
und die Kinder oft zu kurz, da er – wie die meisten
Väter – abends erst sehr spät zuhause war. Aber sie
hatte sich daran gewöhnt und sich darauf eingestellt.
Sie angelte ihr Handy aus der Tasche – zumindest
abmelden konnte sie sich ja noch für ihren Tag. Nach

drei Freizeichen sprang eine Computerstimme an „der Teilnehmer ist vorübergehend nicht erreichbar" – seufzend drückte sie den Anruf weg. Bestimmt wieder ein Meeting. Dann würde sie ihm eben von unterwegs eine Whatsapp schreiben. Auf dem Weg in die Stadt fielen die ersten Sonnenstrahlen durch die Windschutzscheibe, Bonnie Tyler sang „Total eclipse of the heart" und sie sang lauthals mit. Es konnte ein guter Tag werden.

Sieben Stunden, einen spontanen Friseurbesuch, einen Cappucchino, eine Portion Sushi, ein Buch, eine neue Jeans und vier neue Oberteile später war Heike weit weg von Alltag, dreckigem Geschirr und durchdringendem Geschrei - aber inzwischen auch schon ziemlich erschöpft. Die Sonnenstrahlen wurden langsam schwächer, es war ein herrlicher Frühlingstag gewesen und nun konnte sie sich auch langsam auf dem Heimweg machen. Sie bummelte noch durch die Große Packhofstraße, die sie eigentlich nur unter dem Namen „Schuhstraße" kannte, weil sich dort verschiedene Schuhgeschäfte aneinanderreihten, als sie völlig unvermittelt angesprochen wurde.
„Hallo schöne Frau – hast Du vielleicht einen Euro?" Sie schreckte hoch und sah in die hellsten blauen Augen, die sie je gesehen hatte – sie gehörten zu dem Punk, der sie gerade angesprochen hatte.

Verunsichert schlug sie die Augen nieder und lief schnell weg.

„Macht nichts, schönen Tag noch!" hörte sie hinter sich und schämte sich fast tot, kein einziges Wort herausgebracht zu haben.

Schöne Frau! Schon klar! Verarschen konnte sie sich auch selbst. Die 120 kg tauchten wieder vor ihrem geistigen Auge auf – die inzwischen dank einem Monat *ZFM* zwar nur noch 116 kg waren, aber noch haargenau so aussahen wie vorher. Sie hatte sich heute tatsächlich ganz wohl gefühlt und mochte ihre neue Frisur, einen kinnlangen Bob mit Strähnchen und ihre dunkelblaue Jeans mit dem dezent gemusterten langen Oberteil. Sie hatte die Sachen daher gleich nach dem Kauf angezogen. Aber der Spruch war sicher einfach nur ironisch und als Beleidigung gedacht gewesen. Sie beeilte sich nach Hause zu kommen. Nachdem sie die Kinder abgeholt und abgefüttert, die Küche auf- und den Geschirrspüler eingeräumt hatte, ließ sie sich Badewasser ein.

„Jonna, Mattis, Zeit zum Zähne putzen!!"

„Glaaa-heich!" kam es zweistimmig aus Jonna`s Zimmer zurück „wir spielen gerade so schön...!"

War ja klar – an dem Tag, wo sie frei gehabt hatte, spielten sie schön und nun musste ausgerechnet sie das Idyll mit banalen Dingen wie Zähne putzen zerstören. Als ob sie immer zur falschen Zeit am falschen Ort war. Nein, natürlich nicht, alles war gut, sie war nur völlig erschöpft. Schöne Frau. Der war vielleicht witzig.

In der Badewanne fiel die Erschöpfung des langen Tages von ihr ab. Die zufällige Begegnung ging ihr nicht mehr aus dem Kopf. Ob das an dem guten Aussehen des jungen Mannes lag oder an der Tatsache, dass er sie schöne Frau genannt hatte, konnte sie nicht sagen. Ein richtiger Punk schien er allerdings nicht gewesen zu sein, zumindest hatte er eine fast normale Frisur – eine blonde Zottelfrisur und einen Dreitagebart. Groß, durchtrainierte Figur, wahnsinnig blaue Augen, ein sympathisches Grinsen und mindestens 100 Jahre jünger als sie! Sie stöhnte. So ein Mist. So alt war sie doch noch gar nicht. Aber er hatte höchstens ausgesehen wie 27. Sie war 45 und hatte passend dazu 40 kg Übergewicht. Sie schloss seufzend die Augen bei der Erinnerung und ließ sich etwas tiefer in das warme Wasser sinken. Sollte das ein Witz gewesen sein mit der schönen Frau? Andererseits hatte sie in ihrem Shopping-Outfit heute tatsächlich ganz gut ausgesehen – zwar nicht dünn, aber so schlimm, dass man sich provoziert fühlen musste, sie zu beleidigen auch wirklich nicht – und so hatte es eigentlich auch nicht geklungen. So oder so musste sie in seinen Augen uralt ausgesehen haben. Sie seufzte und zog die

Augenbrauen zusammen. Sollte ihr egal sein, sie sah ihn ohnehin nie wieder, was sollte das denn jetzt! Sie hörte wie Jan unten die Haustür aufschloss, er war vom Büro direkt zum Training gefahren. Sie machte die Brause an, um sich die Haare auszuspülen. Der Alltag hatte sie wieder.

Sie aßen noch zusammen einen Salat mit Hähnchenbruststreifen und Cocktailtomaten. Zur Feier des Tages hatte Heike sogar noch eine Flasche trockenen Weißwein geöffnet. Eigentlich mochte sie lieber lieblichen Wein, aber da dieser deutlich mehr Kalorien hatte, fing sie an, sich umzugewöhnen. Früher hatte sie im Anschluss an einen schönen, aber anstrengenden Tag niemals einen Salat vorbereitet, sondern auf dem Heimweg schnell ein paar Tiefkühlpizzen besorgt – aber sie war fest entschlossen, die Ernährungsumstellung diesmal mit Sabine durchzuziehen. Jan fand das bewundernswert und lobte sie für ihre Entschlossenheit. Das tat gut, wenn einen kleinen Moment lang der Gedanke an die Pizza mit Frischkäse und Spinat, abgerundet mit einer riesigen Schüssel Mousse au chocolat vor ihrem geistigen Auge auftauchte.

„Hast Du ihm etwa was gegeben?"
Sabine starrte sie entsetzt an, als sie ohne drüber nachzudenken von der Begegnung in der Stadt erzählte. Heike schüttelte bedauernd den Kopf.
„Nein, ich hab ja nicht mal den Mund aufgekriegt!"
„HEIKE!"
Sabine riss die Augen auf! Sie standen vor der Schule, um die Kinder abzuholen und anders als an ihrem schönen Ausflugstag goss es in Strömen.
„Das war ein Penner! Willst Du sowas etwa noch unterstützen?"
Heike sah sich erschrocken um, ob die anderen Mütter etwas mitbekommen hatten, aber sie waren alle in ihre Gespräche vertieft.
„Er war kein Penner!" sagte sie nachdrücklich „er wirkte eigentlich ganz sympathisch!"
„Oh Gott" Sabine schüttelte den Kopf „es muss ja wohl schlimmer sein als gedacht. Er hat dich auf der Straße nach Geld angeschnorrt und Du meinst er ist George Clooney?"
Sie tippte sich bedeutungsvoll mit dem Finger an die Stirn. Ihr Blick fiel hinter Heike und sie wandte sich von ihr ab „oh, hey Axel, wie geht's Britta?"
Das Gespräch war beendet. Da klingelte die Schulglocke. Heike war froh, nach Hause zu können und das nicht nur wegen des Regens.

Das Wetter erholte sich zum Glück bis zum Wochenende wieder. Der Frühling zeigte sich in seinen schönsten Farben.

„Alles klar, super, dann bis nachher!"

Heike legte auf und wischte mit dem Hörer über ihre Jeans – sie hasste schmutzige Telefonhörer – dann warf sie einen prüfenden Blick in den Ofen, wo das selbstgebackene Pizzabrot für das Angrillen bei Familie Thiele am Nachmittag langsam anfing, braun zu werden. Britta hatte – kaum das ihre Rückenblockade wieder abgeklungen war – zu einem spontanen Angrillen eingeladen. Heike fragte sich zum wiederholten Male, warum sie neben dem Pizzabrot auch noch angeboten hatte, zwei Sorten Dips zu machen, obwohl sie selbst sich gerade mit allen Leckereien zurückhalten musste. Vermutlich die Euphorie des beginnenden Frühlings. Sie hatte noch genug Zeit, alles in Ruhe vorzubereiten. Jan war mit Jonna bei einem Ballettworkshop und Mattis spielte in seinem Zimmer mit Lego. Als sie in der bereits chaotischen Küche gerade über den Mülleimer gebeugt die Knoblauchschalen aus der Presse kratze, klingelte es an der Tür. Lotte kläffte so laut und abrupt, dass es ihr durch Mark und Bein ging und rannte zur Tür. Normalerweise machte Lotte ihrer Rasse alle Ehre – Elos galten allgemein eher als ausgeglichen. Bei klingelnden Haustüren machte Lotte jedoch eine Ausnahme. Heike rechnete damit, dass sie irgendwann vor Schreck tot umfallen würde. Dann hörte sie den Schlüssel im Schloss. Auch noch fast umsonst gestorben! Der konnte sich warm anziehen! Bei Jan`s Anblick geriet dieser Vorsatz jedoch sofort in Vergessenheit.

„Mausi, was ist denn passiert?"

Sie streichelte erschrocken über das verheulte Gesicht ihrer Tochter. Jan trug sie an ihr vorbei ins Wohnzimmer und setzte sie aufstöhnend ab. Mit zehn Jahren waren die Kinder einfach keine Federn mehr.

„Sie ist bei einer Drehung umgeknickt, aber es scheint nur verstaucht zu sein."

Er ließ sich selbst auf das zweite Sofa sinken.

„Soll ich Dir einen Kakao machen?" fragte Heike besorgt und griff nach einer Decke und einem Kissen. Jonna nickte langsam und pulte aus ihrer Hosentasche ein Maoam.

„Finja hatte Geburtstag" erklärte sie kauend und Heike regte sich langsam wieder ab. Ballett war ja eigentlich recht harmlos, aber der erste Schreck saß immer. In dem Moment fiel ihr der Ofen ein – SCHEISSE. Sie rannte in die Küche und riss die Tür auf – eine riesige heiße Wolke stieg ihr ins Gesicht, sie schrie auf. Nochmal gut gegangen. Auf letzte Minute das Pizzabrot gerettet. Nun nur noch Kakao, die Dips und …. Duschen wär nicht schlecht. Gassi gehen, alles einpacken, rechtzeitig bei Britta und Alex sein – was

sollten sie jetzt mit Jonna machen. Sie atmete tief ein und aus und presste die Finger beider Hände an die Schläfen. Nicht aufregen. Dem Fuß ging es scheinbar besser als gedacht, es war noch Zeit und Michelle war eine von Jonna`s besten Freundinnen, irgendwie würden sie sie schon dorthin kriegen. Wie ferngesteuert öffnete sie den Schrank mit den Süßigkeiten und hatte sofort den ersten Kinderriegel in der Hand – sie fühlte sich gestresst und erschöpft und wenn sie jetzt ein paar Kinderriegel aß, würde es ihr gleich besser gehen. „Denk an Sabine" sagte ihr ihre innere Stimme und sie bekam ein schlechtes Gewissen. „Quatsch" verteidigte sie sich vor sich selbst „ich fühle mich schrecklich, so kann ich die Vorbereitungen nicht durchstehen." Sie riss das Papier ab und biss in den Riegel. Das schlechte Gewissen war wie weggeblasen – eine Woge der Erleichterung durchströmte ihren Körper wie eine Erlösung von starken Schmerzen. Gottseidank war die Rettung immer griffbereit. Sie wusste, was jetzt folgte – die wirkliche Entspannung trat frühestens ab dem fünften Riegel ein, vorher aufzuhören machte überhaupt keinen Sinn. Sie griff nach dem zweiten Riegel, da ließ eine plötzliche Stimme sie zusammenfahren
„kriege ich auch einen?"
Mattis stand direkt hinter ihr. Das hätte ihr auffallen können - das klickklick der Legosteine hatte

aufgehört. Heike schämte sich unglaublich und fühlte sich, als sei sie eine trockene Alkoholikerin, die bei einem Schluck aus der Flasche erwischt worden war.

Doch Mattis war ganz arglos.

„Mami? Kann ich auch einen?"

Heike versuchte so zu tun als sei alles in Ordnung.

„Was? Äh ja, klar, aber nur einen, ok?"

Sie gab ihrem Sohn einen Schokoriegel.

„Einer reicht, sonst kann man Bauchweh davon kriegen!" erklärte sie ernst.

Und fett werden, ergänzte sie in Gedanken. Ihre Kinder durften niemals wissen, dass sie selbst nie weniger als zehn Riegel am Stück essen würde. Niemand durfte das wissen.

Gerade als sie Jonna`s versprochenen Kakao fertig hatte und sich wieder den Dips widmen wollte, stand Mattis wieder vor ihr.

„Ich hab Hunger!" verkündete er wichtig.

„Schatz, wir gehen doch gleich zum Grillen."

Das beeindruckte ihn wenig.

„ICH HAB ABER JETZT HUNGER!!!"

Heike gab auf – sie hatte schon tausendmal durchgesetzt, dass es nun NICHTS zu essen gab – und beim tausendersten Mal versuchte er es doch wieder – die Zeit hatte sie jetzt nicht – da war es schlauer gleich nachzugeben.

„Nimm Dir zwei Schokoladenkekse" tat sie betont gelangweilt und betete, dass er ihr Spiel (nämlich nicht vier Scheiben Nutellatoast zu essen) nicht durchschaute. Sie hatte Glück. Er trollte sich friedlich mit zwei Keksen von dannen. Eine weitere Stunde später waren sie startklar.

Drei Wochen später saßen Sabine und Heike zusammen im Alex und feierten ihre ersten abgenommenen Kilos! Noch konnte man zwar nicht viel sehen, aber das war ja auch alles keine Zauberei. Sie prosteten sich mit einer Cola zero zu, gerade als der Salat kam. Heike deutete auf das Weißbrot. „Mist, wir hätten es abbestellen sollen…!"
„Gar kein Problem!"
Triumphierend zog Sabine eine grüne Tupperdose aus ihrer Handtasche und grinste. Heike verdrehte die Augen.
„Und ich dachte ich kann es essen…!"
Sie kicherte enttäuscht und Sabine ließ augenblicklich das Brot in der Dose verschwinden.
„Nichts da! Geschummelt wird später!"

Am folgenden Arbeitstag klappte Heike gerade aufseufzend den Laptop zu, als ihre Kollegin Jutta vorbeikam „Na Frau Neumann, schon wieder Feierabend?"

29

Für diesen Satz würde sie irgendwann einmal einen Mord begehen.

„Nein, schon seit zwei Stunden ohne Bezahlung hiergeblieben" konterte sie genervt.

Und ärgerte sich, dass sie noch immer nicht über die Provokation hinwegsehen konnte. Ärgerte sich, dass Menschen ihr ohne ein besseres Wissen permanent entspannte Freizeit unterstellten, während nur sie und die anderen Mütter wussten, wie frei sich diese Freizeit wirklich anfühlte. Auch wenn es großartig war, Kinder zu haben und bei ihnen sein zu können, fühlte es sich nun mal einfach nicht wie Freizeit und Feierabend an, wenn man unter Gebrüll Hausaufgaben betreute oder pro Nachmittag drei Termine abfuhr, während sich zuhause Dreck, Wäsche und Geschirr anhäuften. Sie griff nach ihrer Jacke.

„Bis morgen" rief sie Jutta zu, die sich gerade noch einen Kaffee kochte, um bis 18.00 Uhr durchzuhalten. Lang war das, das musste sie zugeben. Aber alles hatte seine Vor- und Nachteile.

Heute war es allerdings tatsächlich ein bisschen wie Feierabend. Sie konnte sich ausnahmsweise noch einen kleinen Spaziergang gönnen, weil die Kinder nach Schule und Kindergarten von ihrer Schwiegermutter betreut wurden. Mit Hilde hatte sie wirklich Glück gehabt. Ihre Schwiegermutter war mit

68 Jahren relativ jung, fast immer gut gelaunt und freute sich, wenn sie die Kinder betüddeln konnte. Sie musste fast eine Stunde mit dem Auto anreisen, daher nahm Heike ihre Dienste nicht allzu oft in Anspruch, aber wenn es sich mal so ergab, genoss sie die Zeit sehr. Auf Hilde war immer Verlass. Sie schlug den Weg zum Maschteich ein, die Sonne schien den Frühling ankündigen zu wollen. Überall sprossen die ersten grünen Blättchen an Büschen und Bäumen. Sie liebte den Blick auf das Neue Rathaus mit seiner schlossähnlichen Bauweise und den türkisfarbenen Türmen. An der großen Freitreppe auf der Rückseite, direkt gegenüber des Maschteiches, von der im Sommer viele Modellbauer ihre Boote starteten, blieb sie stehen und blinzelte. Heute ging es auch mal ohne Cappuchino, das Wetter war zu herrlich, um in ein Café zu gehen. Sie machte es sich auf einer der unteren Treppenstufen am Wasser bequem und schloss die Augen. Der Maschteich war einer ihrer Lieblingsplätze in der Stadt. Man war mittendrin und trotzdem war es ruhig und entspannt, durch die vielen Bäume konnte man die Straßen nicht sehen und im hinteren Bereich des Teiches konnte man sogar ab und zu Schildkröten beobachten. Sie hörte nichts außer einem kleinen Plätschern, als einige Enten an ihr vorbei schwammen, sowie dem entfernten Straßenverkehr. So könnte sie für immer sitzen bleiben, diese Stille. Erst ein entferntes Husten

ließ sie die Augen öffnen. Sie war gar nicht allein. Links auf der Treppe saß eine ganz in hellblaue Jeans gekleidete Person und rauchte, den Blick auf den See gerichtet. Heike fühlte sich ertappt, weil sie davon ausgegangen war, dass sie allein war - dann erstarrte sie. Blonde zottelige Haare und ein Dreitagebart. Das konnte doch wohl nicht wahr sein.

Solche Zufälle gab es doch nur in schlechten Büchern. Bevor sie sich ein zweites Mal blamierte, beschloss sie ihren Platz aufzugeben.

Sie hob leise ihre Tasche hoch und stand auf, wandte sich möglichst unauffällig zum Gehen – blieb mit der Fußspitze an der Treppenstufe hängen und krachte mit einem erschreckten Aufschrei der Länge nach auf die Treppe. Scheiße! Wie blöd war sie denn! Ein stechender Schmerz durchfuhr ihr linkes Knie, da spürte sie auch schon, wie jemand neben ihr stand.

„Ist Ihnen etwas passiert?"

Zum zweiten Mal sah sie in dieses Paar sehr blaue Augen, diesmal mit einem besorgten Ausdruck. Sie ergriff verwirrt die ihr angebotene Hand und ließ sich hochziehen.

„Danke" murmelte sie beschämt.

Ging es noch peinlicher? Die dicke alte Frau fliegt vor dem jungen coolen Typen hin. So eine Art Shades of Grey für Arme. Sie seufzte und klopfte sich mit der Hand die Jeans ab. Ihr Gesicht glühte vor Scham. Alles noch ganz. War das peinlich. „Christian" machte allerdings noch keine Anstalten zu gehen.

„Wirklich alles in Ordnung?"

Er musterte sie kritisch, dann schien ihm etwas aufzufallen.

„Wir haben uns doch schon mal gesehen!"

Heike konnte es nicht glauben - das hier träumte sie vermutlich nur – gleich würde der Wecker klingeln.

„Na klar, jetzt weiß ichs! In der Fußgängerzone!"

Jetzt grinste er so breit, dass Heike das Gefühl hatte, verarscht zu werden. Sie sah ihn abweisend an und wandte sich zum Gehen.

„Danke, es geht jetzt wieder!"

„Hey, tut mir leid, das war nicht böse gemeint, Sie waren mir nur aufgefallen, weil… ach egal."

Er überholte sie und blieb vor ihr stehen – den Blick fest auf sie gerichtet. Heike gab auf, so blaue Augen.

„Kann ich Sie auf den Schreck auf einen Kaffee einladen?"

Dabei sah er so sympathisch und einfach auch so unverschämt attraktiv aus, dass ihr ein „nein danke" wahrscheinlich ohnehin im Hals stecken bleiben würde – sie musste lächeln und hob zustimmend die Schultern.

„Ich will die da reintun!" rief Mattis begeistert, als Heike ein Ei nach dem anderen langsam in der Osterei-Farbe versenkte.

„Das ist heißes Wasser, ganz vorsichtig" ermahnte sie ihn besorgt.

Wie jedes Jahr buk sie gemeinsam mit den Kindern einen Hefezopf und färbte Ostereier, das war immer sehr schön. Dieses Jahr war sie trotzdem nicht ganz bei der Sache. Noch immer sah sie sich in Gedanken in dem kleinen Straßencafé in Linden in der Nähe der Limmerstraße sitzen. Gemeinsam mit einem, wie sie inzwischen wusste, 28jährigen coolen blonden Typen, der nicht nur selbstbewusst und herzlich, sondern auch noch umreißend attraktiv war. Sie war völlig aus der Zeit gefallen, es gab nur noch die Sonne, das Café, Andy und sie. Alles andere hatte sie für eine lange Stunde vergessen. Alles hatte sich so ganz anders angefühlt als sonst, so frei und lebendig. Als Mensch und auch als Frau, so als sei sie nach einem langen Schlaf im Dornröschenschloss plötzlich wieder aufgewacht. Sie hatten über dies und jenes philosophiert, er hatte ihr erzählt, dass er derzeit nicht arbeitete und sich nur mit Gelegenheitsjobs das nötigste Geld zusammenklaubte – eigentlich träumte er davon, sich selbständig zu machen – irgendwas am Meer. Sehr klischeehaft – aber irgendwie auch beneidenswert. Seine Mutter kam aus Hamburg, sein Vater aus Dänemark, zu beiden hatte er nur noch selten Kontakt. Seit seinem zwanzigsten Lebensjahr lebte er außerdem vegan. Vegan zu leben fand Heike besonders faszinierend. Sie konnte es sich nicht vorstellen, auf alle tierischen Produkte komplett zu verzichten. Es war schon erstaunlich, wie anders das Leben von anderen sein konnte. Sie sah Jan und sich mit den Kindern vor einer riesigen Portion Chicken Nuggets sitzen und hoffte, dass er nicht danach fragen würde. Sie hatte ihm von ihrem Alltag mit dem Job in der Bank und den Kindern erzählt und dass ihr zwischen allen Alltagspflichten hin und wieder die Decke auf den Kopf fiel. Er hatte zugegeben, dass er später auch gerne einmal Kinder hätte, es derzeit aber ganz weit hinten auf seiner Prioritätenliste sei. Heike hatte sich gefragt, ob sie so eine Liste auch schon einmal gehabt hatte. Bevor sie sich verabschiedet hatten, hatte Andy vorgeschlagen, dass sie sich wiedertreffen könnten und ihr seine Handynummer gegeben, aber die hatte sie auf dem Heimweg ganz vernünftig als Papierkugel in der Ihme versenkt. Sie war verheiratet und hatte zwei Kinder – wie realistisch war es da, den Kontakt zu einem 28jährigen Freigeist zu pflegen. Trotzdem war der Nachmittag eine sehr schöne Erinnerung und sie musste immer wieder daran denken. Eigentlich musste sie sich eingestehen, dass sie es heimlich bereute, die Handynummer weggeworfen zu haben. Was wäre schon dabei gewesen, sie zu behalten. Es wäre vielleicht die Möglichkeit gewesen ab und zu aus dem Alltag auszubrechen – völlig unverfänglich natürlich – und einfach nur gemeinsam über Gott und das Leben zu plaudern. Die Chance hatte sie nun vertan. Eigentlich sollte sie stolz auf sich sein und glücklich über ihre Vernunft. Aber es fühlte sich anders an.

Ostern verlief ruhig und harmonisch, die Kinder freuten sich über die Eier- und Geschenkesuche und die Erwachsenen über die Freude der Kinder und über viel zu viel leckeres Essen. Bei Heike war jedoch etwas anders als sonst. Sie hatte zum ersten Mal seit Jahren kaum Appetit. Sie war glücklich, dass sich die Kinder freuen, aber dennoch fehlte ihr etwas - und sie wusste jetzt auch, was es war. Die Leichtigkeit und die Unbeschwertheit fehlten. So wie bei dem Kaffeetrinken. Alles war wie immer sehr schön – dennoch lagen Welten zwischen dem verantwortungsvollen Leben als Mutter und den unbeschwerten Momenten dieser einen Stunde im Café. Sie schämte sich ein bisschen für dieses Gefühl, konnte es aber dennoch nicht ganz ausblenden. Sie beschloss, die Begegnung als einmalige Erinnerung zu verbuchen und einfach so weiterzumachen wie bisher. Ihre Schwester Tanja blieb mit der Familie noch zum Kaffee und Heike konnte es nicht fassen, dass sie nicht einmal Lust auf die Giotto-Torte von Tanja hatte. Die Gespräche waren nett, die Kinder verstanden sich gut und die Sonne schien. Heike überlegte, ob sie die Telefonnummer wohl noch am

Ufer der Ihme finden könnte. Lotte stupste sie unterm Tisch an und Heike hatte das Gefühl, der Hund hatte sie durchschaut. Peinlich berührt zwang sie sich, sich wieder aktiv am Gespräch zu beteiligen. Jonas würde ab Mai zum Fechten gehen. Heike atmete unauffällig tief ein. Ja, das war doch bestimmt ein interessantes Hobby. Sie fragte sich, ob sie sich wohl jemals wieder auf derartige Themen konzentrieren konnte.

Jan hatte noch zwei freie Tage nach Ostern und so kümmerten sie sich gemeinsam um alles, was anlag und gingen sogar noch gemeinsam mit den Kindern zum Italiener. Heike machte es gar nichts aus, dort nur eine Tomatensuppe mit frischem Basilikum und einmal Caprese zu essen anstatt wie sonst die Nudeln Gorgonzola mit anschließendem Tiramisu. Sie wunderte sich über sich selbst. Eigentlich war doch alles schön, so wie es war und Jan ein toller Ehemann. Kurz nach Ostern traf sie Sabine bei *ZFM* und konnte es kaum glauben, als die Kursleiterin Marina ihr 114 kg auf ihre Karteikarte schrieb. 6 kg weniger in 6 Wochen! Wahnsinn! Das hatte sie noch nie geschafft! Sabine hatte dieses Mal nur 300 g weniger und war ein bisschen neidisch.
„Wie hast Du das denn gemacht?" fragte sie leicht gereizt, als sie in der Gruppe platznahmen. Heike mochte ihr noch nichts von ihrem heimlichen Date

erzählen, sie musste es erst einmal selbst verstehen.
Sie lächelte Sabine nur abwesend an.

Eine Woche später hielt sie es dann doch nicht mehr
aus und traf Sabine im Bistro.
„Echt, Du hast den nochmal wiedergesehen?"
Sabine konnte es kaum glauben. Sie hatten sich in
den letzten zwei Wochen nicht außerhalb von *ZFM*
getroffen und Heike war verwundert wie unruhig und
nervös Sabine wirkte. Vermutlich gab es Stress in
dem Versicherungsbüro, in sie 30 Stunden die Woche
arbeitete.
„Was macht der Töpferkurs?"
Heike versuchte, das Gespräch auf etwas anderes zu
lenken - doch Sabine hatte schon wieder ihr Handy in
der Hand, runzelte die Stirn und packe es wieder ein.
Zum vermutlich zehnten Mal, seit sie sich vor einer
halben Stunde getroffen hatten.
Bei einem Blick auf das Kuchenbuffet fiel Heike ein,
dass sie vergessen hatte, sich in die Helferliste fürs
Sommerfest in Mattis` Kindergarten einzutragen.
Mist, jetzt gab es sicher nur noch die umständlichen
Sachen - Obstspieße, Kuchen backen oder ähnliches.
Laugenbrezeln, Kaffee und Saft waren immer zuerst
weg. Das musste sie morgen dringend dran denken.
„Oder?"
Beim Klang von Sabine`s Stimme schreckte sie hoch.
Wie - oder? Sabine musste etwas gefragt haben, aber

es konnte nicht besonders laut gewesen sein. Sie sah sie prüfend an, als ob sie hoffte, den überhörten Satz noch jetzt erraten zu können. Aber das war nicht nötig, Sabine schloss die Augen und drückte Daumen und Zeigefinger der linken Hand an ihre Schläfen.

„Männer sind Schweine, oder?"

Jetzt war Heike hellwach. Was war passiert?

„Was ist los?"

Sie griff nach ihrer Maracujaschorle und sah Sabine aufmerksam an. Die schien als wüsste sie nicht wie sie beginnen sollte. Nach einem Blick zur Decke sagte sie leise „er meldet sich nicht mehr!"

Heike starrte sie verständnislos und verwirrt an.

„Wer? Sebastian? Wo ist er denn?"

Sabine wirkte einen Moment lang irritiert, dann flüsterte sie fast vorwurfsvoll „nein, Thomas natürlich! Du hast eben die ganze Zeit nicht zugehört, oder?"

Heike erinnerte sich an Sabine`s neuen und ebenso verheirateten wie attraktiven Kollegen, von dem sie ein paar Mal erzählt hatte. Thomas. Dann fing sie an zu verstehen. Das Betriebsfest der Versicherung, der plötzliche unerwartete Anruf von Sabine vor einer Woche....

„Hast Du etwa…"

Doch Sabine unterbrach sie herrisch.

„Ja, habe ich! Hast Du ein Problem damit?"

Heike schwieg erschrocken. Weniger über die Tatsache, dass ihre ach so treue Freundin scheinbar auf einer Party abgestürzt war, sondern über ihre heftige Reaktion.

„Sabine, ich wusste doch nicht... nein, ich … es ist alles in Ordnung…"

Sie sah, dass sich Sabine`s Augen mit Tränen füllten und sie verzweifelt nach Fassung rang.

„Ich bin so ein Idiot…" flüsterte sie „ich habe nicht nur meinen Mann betrogen, ich habe mich auch noch verliebt und jetzt meldet er sich nicht mehr…!"

Heike sah ihre Freundin mitleidig an, die aussah wie ein Häuflein Elend. Sie sah sie hilflos an und wusste nicht, wie sie helfen konnte. Einen kurzen Moment lang war sie erleichtert, dass sie selbst so vernünftig gewesen war. Und den Bruchteil einer Sekunde fühlte sie sich Sabine gegenüber sogar richtiggehend überlegen. Dann war der Moment vorbei und sie dachte wieder klar.

„Wir haben uns sogar noch täglich Nachrichten geschrieben und er meinte wir können uns auch mal im Café treffen" schniefte Sabine „aber seit vorgestern reagiert er nicht mehr – ich kann nicht mal mehr das Profilbild sehen!!"

Heike fiel es schwer, sich auf Sabine`s Problem zu konzentrieren, immer wieder schweifte ihr Blick draußen auf die Straße, in der unbewussten

Hoffnung, dass Andy gerade vorbeilief. Sie riss sich zusammen.

„Kannst Du ihn nicht im Büro ansprechen?"

„Er hat zwei Wochen Urlaub."

Sabine verdrehte die Augen „das ist ja das Problem!"

„Achso", Heike huschte ein erleichtertes Lächeln übers Gesicht „bestimmt hat er nur keinen Empfang! Oder er macht ein paar Tage offline!"

Das wollte Heike schon lange mal gemacht haben.

Sabine rührte niedergeschlagen im Rest ihres inzwischen kalten Cappucchinos.

„Ich hoffe, Du hast Recht...".

„Bestimmt", aufmunternd legte Heike ihrer Freundin die Hand auf den Arm.

Eine Stunde später hatten Sabine und Heike sich gegenseitig von ihren Erlebnissen berichtet, Sabine hatte auf der Betriebsfeier den ganzen Abend mit Thomas getanzt und hatte ihn im Anschluss spät in der Nacht in sein Hotelzimmer begleitet. Da er täglich über eine Stunde Anfahrt zur Arbeit hatte, hatte er für die Feier ein Zimmer gebucht, allerdings nicht in der Absicht, eine seiner Kolleginnen abzuschleppen – es hatte sich einfach so ergeben. Und Sebastian hatte tief und fest geschlafen, als Sabine endlich gegen 4.30 Uhr hellwach und berauscht mit dem Taxi nach Hause gekommen war. Heike hatte von ihrer Verabredung mit Andy erzählt und beide waren zum ersten Mal seit langer Zeit gemeinsam weit weg vom

Alltag. Es war fast wie früher, als sie noch ungebunden waren und nach Feierabend alle Zeit der Welt für sich gehabt hatten. Dann musste Sabine los, um ihre Jungs von ihren Eltern abzuholen. Es war erst kurz nach 17.00 Uhr am Nachmittag und die Aprilsonne schien auf die belebte Straße.

„Schreib mir, wenn er sich meldet, ok!?"

Heike umarmte ihre Freundin.

Sabine drückte sie kurz an sich.

„Machs gut, wir hören uns!"

Sie winkte ihr zu und wandte sich auf der Limmerstraße zum Gehen.

Heike blieb kurz unschlüssig stehen, sie hatte noch Zeit. Sie hatte mit Jan abgesprochen, dass er die Kinder heute von seinen Eltern abholte. Was sollte sie noch tun mit der freien Zeit? Sie entschloss sich zu einem kleinen Spaziergang in der Nähe der Leine. Die ersten grünen Knospen sprossen, die Vögel zwitscherten, sie genoss die himmlische Ruhe, während sie den Weg am Ufer entlanglief. Hier war sie noch nie gewesen. Nach einer ganzen Weile überquerte sie eine Brücke über den Fluss – an dieser Stelle befand sie sich zeitgleich unter einer Schnellstraße, aber man hörte nur leise Geräusche – da bemerkte sie am Ufer einen Wohnwagen und ein paar bunte, relativ heruntergekommene, Bauwagen. Überall lag etwas herum, Bretter, ein Fahrrad, sie entdeckte zwei Stühle und ein Sofa. Eine Wohnstätte für Punks? Sie musste sofort wieder an den Café-Besuch mit Andy denken. Sie kannte sich mit Punk-Wohnstätten nicht aus, aber so etwas musste es wohl sein. Unbewusst war sie stehengeblieben. Gerade als sie sich zum Gehen wandte, öffnete sich die Tür des Wohnwagens und ein Mann mit nacktem Oberkörper trat heraus. Er war auffallend gut gebaut, groß, durchtrainiert, blond – Andy! Sie erstarrte.

Er erkannte sie sofort und strahlte über das ganze Gesicht.
„Ich wette, Du behauptest jetzt, dass Du nur zufällig hier vorbeigekommen bist!"
Heike konnte es nicht fassen und brachte kaum ein Wort heraus.
„Aber ich BIN Z..." weiter kam sie nicht.
Er wollte sich ausschütten vor Lachen und kam direkt auf sie zu.
„Schon klar, gib Dir keine Mühe..."
Seine hellblauen Augen schienen ihr direkt in die Seele zu blicken, sie fühlte sich ertappt. Sie gab auf und ließ sich von ihm umarmen, es fühlte sich gut an, und vertraut. Wie nach Hause kommen. Ihre Welt schrumpfte auf diesen einen Ort und fühlte sich trotzdem unendlich riesig an.

„Wenn Du mich schon ausspionierst, zeige ich Dir mal mein Haus" grinste Andy ihr zu, während er sie aus der Umarmung frei gab.

„Du wohnst hier?"

Heike war überfordert. Sie kannte alles Mögliche – WGs, kleine Wohnungen, möblierte Zimmer, seit den letzten Jahren lebten um sie herum alle in eigenen Häusern - aber in einem Wohnwagen konnte man doch unmöglich leben – war das überhaupt erlaubt? Dann erinnerte sie sich daran, dass sein Lebensstil mit ihrem eher wenig gemeinsam hatte. Er fasste sie an der Hand und zog sie mit sich, noch bevor sie protestieren konnte. Im Wohnwagen zog er sich zum Glück ein schwarzes Shirt über. Heike fühlte sich ertappt, als sie heimlich immer wieder seinen Oberkörper angeschaut und sich dabei gefragt hatte, wie er sich wohl anfühlen würde. Eine weitere Stimme in ihrem Kopf fragte sich allerdings, wie sie selbst wohl daneben aussehen würde mit ihrem Übergewicht und ihrer gar nicht durchtrainierten Figur. Schnell verscheuchte sie den Gedanken wieder. Der Wohnwagen war schlicht, aber dennoch gemütlich. Es gab eine Nische mit Tisch und zwei Sitzbänken, hinten im Wagen eine Liegefläche zum Schlafen. Heike sah einen riesigen Bundeswehrschlafsack und eine Menge schwarze Decken und grüne Kissen – Deko gab es selbstverständlich nicht – aber verschiedene

Campingtassen und anderes Zubehör machten es komplett. Sogar ein paar Teelichter konnte sie entdecken. Alles Nötige war da, sogar ein Chemieklo. Nur kein fließendes Wasser – natürlich – es gab ja keinen Wasseranschluss. Andy zeigte ihr draußen seine Tonne mit Flusswasser zum Zähneputzen und abwaschen – alles was darüber hinaus noch zum Kochen fehlte, besorgte er in einem 5-Liter-Kanister. Heike musste daran denken, dass sie selbst im Vergleich zu diesen einfachen Bedingungen in einem wahren Luxushaus wohnte – inklusive gerade erst renoviertem Badezimmer. Trotzdem gefiel ihr der Wohnwagen sehr und ihr wurde bewusst, dass dies unmittelbar damit zusammenhing, dass er Andy gehörte. Das verunsicherte sie.

„Wie lange wohnst Du schon hier?" fragte sie, um überhaupt etwas zu sagen.

„Erst seit Januar", sagte Andy leichthin „ist auch nur ne Übergangslösung – ich hab doch erzählt, dass ich mich selbständig machen will."

Heikes Blick fiel durch das leicht milchige Fenster hinaus auf die Leine, die gemächlich vorbei strömte und sie versuchte ganz sachlich zu sein

„ja, schon, aber ist das denn erlaubt?"

„Ach, keinen Stress, Andy verdrehte die Augen „bis die gemerkt haben, dass ich hier bin, bin ich auch schon wieder weg. Tee? Ich hab aber nur Schwarzen!"

„Gerne!"

Heike beobachtete still, wie Andy an dem kleinen Gasherd Wasser kochte und zwei Tassen Tee aufgoss. Als wäre sie in einer Parallelwelt, schoss es ihr durch den Kopf. Schnell verdrängte sie den Gedanken an die reale Welt. Mit den Fingern zupfte sie gedankenverloren an ihrem Top, um überhaupt etwas zu machen, irgendwie konnte das hier alles nur schief gehen. Sie war viel älter als er und er wusste, dass sie verheiratet war und Kinder hatte – warum sollte er überhaupt an ihr interessiert sein. Er schien sich diesen Gedanken nicht zu machen, sondern drückte ihr eine der Tassen in die Hand und schob sie sanft zur Sitzbank.

„Nicht zu viel Grübeln, das tun Frauen immer" belehrte er sie altklug grinsend sie fühlte sich schon wieder ertappt. Sie seufzte auf und versuchte sich zu entspannen. Das war schon verrückt. Sie war verheiratet und Mutter und saß in einem vermutlich illegal abgestellten Wohnwagen irgendwo unter einer Brücke und trank Tee mit einem – ja was eigentlich. Aussteiger? Punk? Alternativen? Und es fühlte sich auch noch gut an. Supergut. Wenn ihre Freundinnen oder die Mütter aus der Kita sie hier sehen könnten. Sie unterdrückte nur mühsam ein kichern, musste aber gegen ihren Willen grinsen.

„Du denkst schon wieder!"

Als hätte er ihre Gedanken erraten.

„Erzähl doch mal was von Dir, was ist so los, hattet ihr schön spießige Ostertage?"

Sie hatten eine ganze Weile erzählt und auch dieses Mal die Zeit vergessen, da fiel Heike auf, dass sie langsam mal nach Hause fahren sollte, sie hatte sich ja nicht bis spät abends mit Sabine verabredet. Schade. Eigentlich wollte sie gar nicht los. Andy nickte verständnisvoll.
„Ja, klar, Du kannst mich gern wieder besuchen, ich bin ja noch ne Weile hier!"
Sie erhoben sich und Heike wandte sich der Wohnwagentür zu.
„Danke für den Tee!"
 Andy kam hinter ihr her und erst dachte sie, dass er sie zum Abschied umarmen wollte, doch er kam immer näher auf sie zu. Sie konnte den Blick nicht mehr von seinem wenden. Als sie mit dem Rücken an der Klotür anstieß, konnte sie die Spannung kaum noch aushalten. Er umfasste ihre Schultern vorsichtig mit den Händen, beugte sich herunter und küsste sie auf den Mund, erst sanft, dann immer fordernder. Ihr Herz schlug ihr bis zum Hals und ihr Magen zog sich zusammen, alles fühlte sich ganz leicht an. Ihr Herz raste und ihr wurde ganz warm. Sie legte ihm die Arme um den Hals und zog ihn noch näher an sich. Sie wollte, dass es nie wieder aufhörte. Da trat Andy einen Schritt zurück und sah sie an.

„Du bist wirklich eine tolle Frau, entschuldige, es hat mich einfach so überkommen!"

Sie konnte kaum sprechen vor Aufregung und Verwirrung.

„Alles gut" sagte sie leise und wartete, dass es aufhörte sich in ihrem Kopf zu drehen.

„Du solltest nichts überstürzen" hörte sie ihn wie durch einen Nebel. Überstürzen? Sie? Warum nicht? Jan, die Kinder, ja, sie wusste was ihr Leben ausmachte – aber sie wollte nur diesen einen Moment. Warum erinnerte er sie nur jetzt daran? Sie umarmte ihn noch einmal und gab ihm einen vorsichtigen Kuss, den er erwiderte. Er drückte sie noch einmal an sich.

„Komm wieder, wenn Du magst, ich würde mich freuen."

Die nächsten Tage lebte Heike in einer Parallelwelt. Sie schmierte Brote, brachte die Kinder zu Schule und Kindergarten, räumte den Geschirrspüler aus- und ein, wusch Wäsche, lief gedankenverloren Runde um Runde mit Lotte durchs Dorf, machte Smalltalk mit den Müttern hier und da – aber Wirklichkeit war sie weit weg. Am Ufer eines Flusses unter einer Brücke. Was war da nur passiert – oder war das alles überhaupt passiert? Es kam ihr nach einer knappen Woche so unwirklich vor. Hier der Alltag mit seinen unzähligen kleinen und immer gleichen Pflichten –

dort eine ganz andere Welt, die sie schon lange vergessen hatte. Sie würde auf keinen Fall wieder dorthin gehen, es war vollkommen abwegig. Sie war nicht nur verheiratet und Mutter, sondern auch Hauseigentümerin, 45 Jahre alt, hatte Freundinnen in ähnlichem Alter, ihr Alltag bestand aus Bankjob, Kindern, Schule, Ballett, Judo, Gassi gehen und den Haushalt und die Termine von vier Personen und einem Hund managen – was hatte sie da in einem Wohnwagen mit einem 28jährigen Typen verloren, der noch nicht einmal eine Ahnung hatte, womit er in den nächsten sechs Monaten sein Geld verdienen würde. Ihr ging es doch gut! Jan war ein angesehener Architekt, ein liebevoller Ehemann und guter Vater. Manchmal ein bisschen verpeilt, aber das waren Männer ja meistens. Also alles super. Sie ärgerte sich darüber, dass sie überhaupt in Erwägung zog, Andy noch einmal zu besuchen. Sie musste verrückt geworden sein.

Es war Freitag und langsam kam das ersehnte Wochenende in Sicht. Es war dieses Mal sogar ein langes Wochenende, weil am Montag der erste Mai war. Morgen würden sie zu viert in den Zoo gehen, das hatten sie schon lange geplant und sie freute sich darauf. Heute Nachmittag nur noch den Zahnarzttermin mit Jonna, die Bügelwäsche - sie hasste bügeln - und kochen. Von Sabine hatte sie seit einigen Tagen nichts mehr gehört – sie musste sie dringend fragen, wie es ihr ging mit und wegen Thomas.

Sabine saß derweil im Töpferkurs und war wie immer freitags abends erschöpft. Von Thomas hatte sie noch immer nichts gehört, aber immerhin war sein Profilbild nach zwei Tagen wieder aufgetaucht. Sie war noch immer unsicher, ob sie Sebastian von dem Abend erzählen sollte. Er wäre sehr enttäuscht von ihr, das war klar. Und sie? Warum sollte sie es ihm überhaupt sagen. Es war ein ganz besonderer Abend gewesen – aber er hatte überhaupt nichts mit Sebastian und den Jungs zu tun gehabt. Ihr Handy vibrierte. Sie hatte es auf Vibration gestellt, damit Sebastian sie erreichen konnte, falls etwas zuhause war. „hey, ich hoffe Dir geht es gut! Freue mich auf meine Rückkehr! T."
Sie erstarrte mit Blick unter der Tischplatte. Ihr Herz machte einen kleinen Hüpfer und fing an schneller zu schlagen. Ihr wurde warm, sie spürte, wie sie rot wurde.
„Na, findet er die Butter nicht?"
Katharina, die ihr im Kurs gegenübersaß, lachte amüsiert. Sabine grinste sie betont lässig an und zuckte dann die Schultern.
„Männer, alle gleich…!"

Wenn die wüsste. Sie atmete unmerklich aus. Was wäre dann eigentlich?

Die Sonne schien und es war das perfekte Zoowetter. Lotte wuselte aufgeregt zwischen den Taschen hin und her und freute sich.
„Mattis, Jonna, kommt Ihr!!"
Heike rief inzwischen zum dritten Mal. Als Mattis endlich um die Ecke bog, trug er nichts außer Unterhose und Shirt. Heike starrte ihn an.
„Zieh Dich bitte an, wir wollen doch in den Zoo!"
Mattis hatte noch sein neues Lego-Raumschiff in der Hand und sah nicht begeistert aus.
„Ich komme nur, wenn ich da ein Eis kriege!"
Jonna kam um die Ecke und stellte sich direkt vor ihren Bruder
„Das kannst Du gleich vergessen, Du bist ja sogar zu blöd Dich anzuziehen!"
Mattis holte mit dem Fuß aus und trat seiner Schwester mit voller Wucht gegen das Schienbein
„Du hast mir gar nichts zu sagen Du Arschloch!!!"
heulte er auf und rannte Tür knallend in sein Zimmer. Jonna kreischte so laut auf, dass es in Heike`s Ohren klingelte und rannte hinter ihrem Bruder her – innerhalb von Sekunden hörte man im Zimmer eine laute Schlägerei. Heike stürmte die Treppe rauf, riss die Tür wieder auf, stürzte sich auf die beiden

Streithähne, zog sie mit aller Kraft voneinander weg.
„AUFHÖREN!! SOFORT!! Habt Ihr einen Knall??"
Es war so laut, dass sie ihre eigene Stimme kaum
während des Brüllens hören konnte.
„Er hat mich getreten!! Der kleine Pisser hat mich
getreten!!"
„Sie hat mir das Eis verbietet!! Sie war das!!"
Mattis versuchte immer wieder sich loszureißen und
nach seiner Schwester zu schlagen. Heike holte tief
Luft und brüllte so laut sie konnte
„RUHE!!!"
Die Kinder verstummten und starrten sie mit vor Wut
glühenden Gesichtern an. Heike holte tief Luft.
„Und ihr glaubt, so bekommt ihr beide auch nur
irgendwas im Zoo?"
Ihr war heiß geworden. Sie hasste es zu schreien.
Aber warum ging es so oft einfach nicht anders?
Warum waren Kinder immer so? Lotte verbellte
draußen den Briefträger, es klang als wollte sie ihn
fressen. Das Bellen war nun schon seit geraumer Zeit
zu hören und zerrte an ihren ohnehin angekratzen
Nerven – wo war nur Jan? Immer noch die Kinder an
ihren ausgestreckten Armen haltend, brüllte sie nun
die Treppe runter-
„JAN!! Kannst Du endlich den Hund reinholen???"
Sie hörte die Klospülung. Typisch, der Baum brannte
und der Herr Gemahl vollbrachte in aller Seelenruhe
seine Geschäfte. Mitten am Tag! Das fiel ihrem

Biorhythmus schon seit Jahren nicht mehr ein! Wie konnte man nur die Muße haben, tagsüber länger als fünfzig Sekunden auf dem Klo zu verbringen? Jan klang entspannt.

„Was denn? Seid Ihr dann so weit?"

Ihr! Als wäre sie zu dritt! Sie schnaubte.

„Ja, WIR wären dann so weit!"

Sie starrte die Kinder noch einmal eindringlich nacheinander an.

„Ihr benehmt Euch jetzt, sonst ist was los!"

Die beiden waren inzwischen etwas runtergekühlt und schafften es sich die Hand zu geben.

„Super, dann los, Schuhe und Jacken anziehen, wir wollen fahren!"

Trotz der anfänglichen Streitigkeiten verbrachten sie einen schönen Tag im Zoo. Sie fuhren mit Lotte auf dem Sambesi, die Kinder aßen Eis, beobachteten mit Begeisterung die Robbenshow, kletterten in der Brodelburg und kauften sich jeder noch einen Notizblock mit Wolfsmotiv im Shop. Heike genoss die Ruhe und zumindest einen kleinen Anteil der Familienportion Pommes in der Markthalle von Yukon Bay. Sie dachte auch fast gar nicht an Andy – nur ganz kurz, als sie einen Cappucchino getrunken hatten und ihr Blick auf den schwarzen Tee fiel. Schnell verwarf sie den Gedanken wieder. Unvernünftig, überflüssig, verboten. Als in der

Warteschlage an der Kasse ein großer durchtrainierter blonder Mann stand, fuhr ihr der Schreck durch alle Glieder – dann drehte er sich um und war mindestens 50 Jahre alt. Erleichtert atmete sie aus. Was sollte Andy auch ohne Kinder im Zoo. Beim Anblick der Statur wurde ihr leider schmerzlich bewusst, dass sie ihn doch vermisste, aber das durfte nicht sein. Schnell zwang sie sich an etwas anderes zu denken. So verging der Tag schnell und fast stressfrei. So stressfrei es mit zwei Kindern, Mann und Hund eben sein konnte. Auf der Rückfahrt checkte sie ihr Handy. Da Andy ihre Nummer nicht hatte, konnte auch nichts von ihm dabei sein. Schade, aber natürlich besser so. Sie hatte eine Whatsapp von ihrer Kollegin bzw. inzwischen auch Freundin Sonja: „Morgen Abend Tanz in den Mai im Solar?" Solar? War das nicht so ein alternativer Schuppen? Sonja hatte öfter mal ausgefallene Ideen, sie war Single, 48 und ihre Zwillinge waren schon 20, so dass sie wieder nahezu ungebunden war. Tanz in den Mai… sie würde Jan später fragen. Sie klickte Sonja`s neues Profilbild an. Klein, zierlich, die Haare in raspelkurzem Rot, strahlendes Lachen, oben auf einem Felsen. So kannte sie ihre Freundin. Sie musste lächeln. Auf Sonja konnte man nicht mal neidisch sein.

Als sie zuhause ankamen, lief es aus dem Ruder. Sie waren alle übermüdet, Mattis kippte diesmal seinen Becher Apfelsaft quer über den Küchentisch, auf dem noch Jan`s neuster Vertrag ausgebreitet lag (selbst schuld, warum ließen Männer auch alles immer rumliegen), Mattis heulte, Jonna rief ununterbrochen „DAS KLOPAPIER IST LEER MAAMA, das KLOPAPIER, KOMM MAL, MAAMA" bis Jan total explodierte „kann man in dieser Familie nicht EINMAL seine Ruhe haben???"

Heike konnte es nicht fassen. „DU hast 80 Stunden pro WOCHE Ruhe vor dieser Schreierei, da bist Du nämlich im Büro!!! Was soll ich bitte sagen, ich bin IMMER HIER! Und ICH bügele Deine beschissenen Hemden und ICH fülle hier Klopapier auf und wische permanent hinter Euch her!!!"

Jan brüllte zurück „GENAU, MEINE Hemden!! Die brauchst Du nicht mehr bügeln, wenn ich den Job nämlich hinschmeiße, BRAUCHE ich gar keine gebügelten Hemden mehr!!"

Er schmiss die Schlafzimmertür krachend ins Schloss, Heike heulte, Mattis noch mehr und nun auch Jonna. Lotte rannte aufgeregt von einem zum anderen. Da fiel bei Heike ein Entschluss. Sie würde gehen, jetzt sofort. Und sie wusste auch schon, wohin!

Sie rannte ins Bad und ließ sich kaltes Wasser über das Gesicht laufen. Das Wasser beruhigte sie etwas.

Dann atmete sie langsam tief ein und aus und ging zu den Kindern.

„Hört mal zu, ich fahre mal zwei Stunden zu Sabine, ok? Sagt bitte Papa Bescheid! Tut mir leid, dass ich gebrüllt habe! Macht Euch doch vielleicht mal gemeinsam Bibi und Tina an! Bis nachher, hab Euch lieb!"

Sie nahm Jacke und Schlüssel und zog die Tür leise hinter sich zu.

Eine halbe Stunde später, es war inzwischen fast dunkel, stand sie mit klopfendem Herzen vor dem Wohnwagen. Andy öffnete und sah sie verwundert an.

„Was ist passiert?"

Sie lehnte sich schluchzend an seine Brust und kam sich unglaublich dämlich vor. Eine erwachsene Frau, die aus ihrem Traumhaus flüchtet und hier vor einem jungen Kerl heulte wie ein Schlosshund. Er zog sie an sich und küsste sie sanft auf die Stirn.

„Hey, das wird schon wieder".

Hand in Hand verschwanden sie im Wohnwagen. Heike war erleichtert und fühlte sich an dem einzig richtigen Ort der Welt. Über nichts anderes wollte sie nachdenken. Andy kochte Tee und gab ihr eine Decke, da es im Wohnwagen langsam kühl wurde. Auf dem kleinen Tisch brannte ein Teelicht in einem leeren Marmeladenglas und Heike`s Blick versank in der Flamme. Warum konnte das Leben nicht genauso einfach sein. Einfach und schön, ohne das etwas fehlte.

Heike erzählte von ihrem Streit und davon, wie anstrengend es oft war, zwischen den Kindern zu vermitteln – überhaupt wie anstrengend alles oft war im Alltag. Wie es sich oft anfühlte, als würde man Tag und Nacht im Lärm einer Kreissäge leben, während man zeitgleich versuchte den Sand aus einer tiefen Sandgrube herauszuschaufeln, von deren Rand es unablässig nachrieselte. Je schneller man schaufelte, desto mehr Sand rieselte nach. Andy hörte ihr aufmerksam zu und hielt einfach nur ihre Hand. Als sie sich ausgesprochen hatte, saßen sie lange einfach nur schweigend da. Heike war zu müde zum Denken. Dann stand Andy auf und zog sie an der Hand in den Schlafbereich.

Heike lag ihm gegenüber auf der Liegefläche und sah ihm nachdenklich in die Augen. Wie lange hatte sie sich nicht so gefühlt? 20 Jahre? Sie war jetzt seit 22 Jahren mit Jan zusammen. Sie sah Andy in die Augen und fragte sich, warum er sie wollte. Oder ob sie sich nur etwas einredete. Er schien ihre Gedanken lesen zu können.

„Ich liebe es, wenn Du mich so ansiehst – Du bist so hübsch, ich muss seit unserer ersten Begegnung immer an Dich denken…".

Heike sah verlegen zur Seite. Sollte sie ihm sagen, dass sie ebenfalls kaum noch einen klaren Gedanken fassen konnte und immer nur damit beschäftigt war, sich einzureden, dass sie vernünftig sein musste und es ja ohnehin alles überhaupt keinen Sinn machte? Ihr Blick fiel auf seinen flachen Bauch und den kräftigen Brustkorb und sie fuhr vorsichtig mit der Handfläche darüber, als könne eine stärkere Bewegung sie vorzeitig aus ihrem Traum erwachen lassen. Sie fühlte den kühlen Stoff seines Shirts unter ihrer Hand und spürte darunter die Wärme seines Körpers. Dieses Gefühl war anders als alles, was sie bis jetzt gekannt hatte und es fühlte sich so gut an, dass die Zeit stillzustehen schien. Sie hätte ewig so liegen bleiben können, eine Hand auf seinem Bauch. Ganz weit weg von allem. Andy nahm vorsichtig ihre Hand und schob sie unter sein Shirt, ein wohliger Schauer lief über ihren Rücken, als sie seine warme Haut spürte. Sie seufzte entspannt auf und schloss die Augen, während er näher zu ihr kam und mit seiner Hand die Silhouette ihres Körpers entlangfuhr, vom Hals über ihre Taille und ihre Hüfte, bis zu ihren Knien. Sie sah ihm in die Augen und fühlte ihr Herz bis zum Hals schlagen, als er näher zu ihr rückte, um sie zu küssen.

Als sein Kuss immer fordernder wurde und seine Hand zu den Knöpfen ihrer Jeans wanderte, hielt sie ihn vorsichtig zurück.

„Ich kann das nicht" flüsterte sie und schlug die Augen nieder.

„Kein Problem. "

Er küsste sie noch einmal kurz und zärtlich auf den Mund und schob sich dann ein Stück zurück, um sie anzusehen. Es war spät geworden.

„Ich glaube ich sollte mal nach Hause" murmelte Heike schuldbewusst. Sie war glücklich und unglücklich über alles. Unglücklich darüber, dass sie glücklich war. Und glücklich, dass sie glücklich war. Sie wollte nicht, dass die Welt sich weiterdrehte, sie wollte für immer hierbleiben und wusste, dass es nicht ging. Inzwischen waren ihre Kinder im Bett und Jan würde sich fragen, wo sie war. Und wo war sie? In einem Wohnwagen unter einer Brücke. Sie konnte das alles selbst nicht glauben.

„Wann sehen wir uns?" fragte Andy, während er sich aufstützte.

„Weiß nicht, ich gehe morgen Abend zum Tanz in den Mai im Solar, bist Du auch da?"

Andy sah sie amüsiert an „Da gehst Du hin?"

Sie wunderte sich, wie er das wohl meinte, obgleich er sonst keine Probleme mit ihrem Alter zu haben schien, aber er hob nur die Schultern.

„Ja, vielleicht, dann sehen wir uns da!"
Sie angelte nach ihren Schuhen und kramte in ihrer Tasche nach ihrem Handy. Fünf Anrufe in Abwesenheit und acht Nachrichten von Jan. Scheiße. Sie überflog die Nachrichten. Tut mir leid, wo bist Du, wann kommst Du… dann wurde der Ton schärfer: Heike?? Wo bist Du, verdammt nochmal? Ich mache mir Sorgen!! Melde Dich! Findest Du das witzig, oder was?

Ihr wurde heiß, warum zum Geier regte er sich so auf, sie hatte den Kindern doch gesagt, dass sie bei Sabine war! Hatten die das nicht ausgerichtet? Sie waren doch keine Babys mehr!
„Ich muss echt los" sie zog hastig ihre Jacke an und griff nach ihrer Tasche.
„Ich freue mich auf morgen!"
Sie wollte gerade die Tür öffnen, drehte aber noch einmal um und gab ihm einen langen Kuss. Dann riss sie sich zusammen und machte sich auf den Heimweg.

Als sie die Haustür aufschloss, sah sie, dass Jan im Wohnzimmer saß und missmutig auf sein Handy starrte. Sie musste herausfinden, was passiert war – er konnte zumindest nicht wissen, wo sie gewesen war. Jan sah sie schlecht gelaunt an.
„Sag mal, willst Du mich verarschen? Wo warst Du?"

Sie zuckte unmerklich zusammen und wusste nicht, was sie sagen sollte.

„Bei Sabine, ja? Und warum hat dann vor drei Stunden Sebastian hier angerufen und gesagt, dass er bitte mit Sabine sprechen möchte, weil sie ihr Handy vergessen hat, auf dem Weg zu Dir??"

Heike fühlte sich ertappt, aber so kampflos wollte sie nicht aufgeben.

„Ist sie verpflichtet, immer mit dem Handy rauszugehen oder was? Wir waren im Alex!"

Jan sah sie prüfend an und wusste nicht, ob er ihr glauben sollte oder nicht. Die Version wirkte schon recht abwegig, das musste Heike insgeheim zugeben - andererseits – wo hätte sie auch sonst gewesen sein sollen – sie hielt den Atem an. Jan holte tief Luft und seufzte.

„Ich hab mir Sorgen gemacht, als Du gar nicht reagiert hast!" erklärte er entschuldigend.

„Schon ok", lenkte Heike ab „ich bin müde, ich gehe ins Bett".

Sie verschwand mit ihrem Handy im Bad und tippte noch schnell eine Whatsapp an Sabine, die ja scheinbar auch unterwegs gewesen war.

„Hi Bine, nochmal vielen Dank für unseren schönen Abend heute im ALEX!! Heike" Jetzt konnte sie nur noch hoffen, dass Sabine die Nachricht las, BEVOR sie auf Sebastian traf. Zwei weitere Nachrichten bekamen Jan (Ich gehe morgen Abend mit Sonja zum

Tanz in den Mai) und Sonja (holst Du mich morgen um 22.00 Uhr ab?), dann fiel sie völlig erschöpft ins Bett.

Als Sabine gegen Mitternacht nach Hause kam, schliefen schon alle. Erleichtert nahm sie ihr Handy von der Kommode im Flur und tippte den Entsperrcode ein. Sie überflog Heike`s Nachricht und schrieb lächelnd zurück: Ja, war sehr schön im Alex, ich hoffe wir sehen uns bald wieder!" Dann sperrte sie das Handy wieder.

Mai

Neuland erkunden, den Sprung ins kalte Wasser
wagen und dabei unsere Seele auftanken
(Angelika Emmert)

Am nächsten Tag fuhren Heike und Sonja mit Sonja`s
Auto in die Stadt.
„Weißt Du, wo dieses Solar überhaupt ist?"
Sonja zuckte die Achseln. Sie trug eine enge schwarze
Jeans mit einem breiten Nietengürtel und
passendem Oberteil. Heike fragte sich, ob sie ihr
solche Klamotten irgendwann auch stehen würden.
„Kann ja wohl nicht so schwer sein, die Adresse habe
ich!"
Nachdem sie geparkt hatten, liefen sie eine Weile
unschlüssig die dunklen Straße in Linden auf und ab.
Es war einsam, kühl, dunkel und Heike fragte sich
langsam, ob die Idee wirklich so gut gewesen war. Sie
hätten sich auch einfach in ein Bistro setzen können.
Da hörten sie über sich in einer der
Altbauwohnungen Musik „Come on barbie girl, in my
barbie world... life in plastic, its fantastic..." Sie sahen
sich an und prusteten los.
„Hey, genau unsere Party, das ist es bestimmt!"
Aber es war klar, dass dies nur eine private Party war
– nur wo war das Solar und was war das überhaupt.

Sie kamen an einer breiten dunklen Hofeinfahrt vorbei und da es keine andere Möglichkeit gab, gingen sie dort hinein. Die Hauswand zur Linken war mit einem riesigen Grafitti besprüht, sie schienen auf dem richtigen Weg zu sein. Heike fühlte sich mulmig – wie konnte man mit Mitte Vierzig nachts in einer dunklen Hofeinfahrt landen, während tatsächlich niemand auf der Welt wusste, wo man war. Aber Sonja war wie immer guter Dinge. Als sie am Ende der Einfahrt ankamen, wo es linksherum über einen großen Innenhof ging, staunten sie nicht schlecht: Ein langgezogenes einstöckiges Gebäude, das über und über mit Grafitti besprüht war – sie konnte von Weitem nicht ausmachen, ob die Gebäude bewohnt waren oder welchem Zweck sie sonst dienten. Alles war Welten entfernt von dem Leben, in dem sie beide sonst lebten. Überall saßen die unterschiedlichsten Menschen, natürlich alle jünger als Sonja und sie. Rastafaris, Mädchen mit Dreadlocks, Alternative, auch einige sichtbar alkoholisierte Jugendliche – oder was auch immer sie konsumiert hatten, sie wollte es gar nicht genauer wissen. Sie fühlte sich alt und spießig und vermutlich war sie genau das. Sonja zog sie weiter zum Eingang, wo sie bezahlten. Drinnen war es nicht viel besser. Einfache Räume, billige Neon-Deko, passend zu den wummernden Techno-Bässen, an der Decke hing ein undefinierbares Wesen aus Metall mit roten

Glühlampenaugen. Sie mochte neue Erfahrungen, aber hier fühlte sie sich irgendwie fehl am Platz. Sie hörten eine Weile der Musik zu, Sonja tanzte, aber dann bat Heike sie, erstmal wieder nach draußen zu gehen. Ohne Dreadlocks fühlte sich Heike jedoch auch im Innenhof, zwischen all der Deko, den verschiedenen Figuren sowie den leuchtenden Neonfarben in den Bäumen nicht viel besser. Bis ihr Blick rechts auf eine kleine Gruppe fiel und sie augenblicklich einen der Typen als Andy erkannte. Sie hielt den Atem an. Ihr wurde bewusst, wie alt, spießig und unpassend sie hier wirken musste. Wie „das dicke Mutti" zwischen den Coolen. Am liebsten wäre sie in einem Mauseloch verschwunden. Genau in dem Moment entdeckte Andy sie und kam zu ihnen herüber.

„Na?"

Er umarmte sie und küsste sie kurz auf den Mund. Aus den Augenwinkeln sah sie, wie Sonja sie verblüfft anstarrte. Aber auf Sonja war Verlass, sie kannten sich schon seit ihrer gemeinsamen Ausbildung und hatten viel zusammen erlebt und keine Party ausgelassen.

„Timo feiert Geburtstag an der Leine, kommt Ihr mit?"

Heike sah Sonja fragend an, die zuckte zustimmend mit den Schultern.

„Klar, warum nicht!"

Das Solar war ohnehin nicht wirklich verlockend.

Andy nahm Heike an die Hand und zog sie mit großen Schritten hinter sich her. Ihr Herz machte heimlich einen kleinen Hüpfer bei seinem Anblick. Groß, durchtrainiert, in hellen Jeans und leicht lockigen blonden Haaren. Seine Bewegungen wirkten beschwingt und kraftvoll, voller Motivation. Ganz anders als alle anderen Menschen, denen sie täglich begegnete. Voller Selbstbewusstsein und Unabhängigkeit irgendwie. Sie spürte ihre Hand in seiner und fühlte sich glücklich. Sonja lief ebenfalls gespannt auf das, was kommen würde, hinter ihnen her. Es war gar nicht so weit bis zur Leine, sie kamen an eine breite Stelle neben dem Fluss, an dem ungefähr zehn junge Männer und Frauen es sich auf mehreren Decken auf einer Wiese gemütlich gemacht hatten. Heike schätze sie alle auf 20 bis 25 Jahre, einen Moment lang fühlte sie sich erneut uralt, aber dann war sie einfach zu glücklich und aufgeregt, um darüber nachzudenken. Sie hatten eine Musikanlage dabei, aus der laute Technosounds zu hören war, es war bereits ein Grill angezündet. Andy rief laut in die Runde.

„Hallo Zusammen, da wären wir! Das sind Heike und Sonja!"

Die anderen grüßten im Sitzen und im Liegen freundlich zu ihnen herüber. Heike entspannte sich. Alle wirkten sympathisch und sie mochte die Musik.

Alles war so himmlisch anders als sonst. Eine andere Welt. Andy ließ sich auf eine der Decken nieder, klopfte mit der flachen Hand neben sich und bedeutete ihr sich zu ihm zu setzen. Heike setzte sich dicht neben ihn und sah sich interessiert um.

„Würstchen? Diese hier sind allerdings vegan, Du weißt ja, manche Leute sind komisch."

Ein Typ mit einem langen Zopf hielt ihr und auch Andy je einen Teller hin und grinste.

„Ich bin Timo".

„Danke! Achso und herzlichen Glückwunsch!"

Heike nahm ihm den Teller ab und machte es sich gemütlich. Zum Glück war Sonja kontaktfreudig, und hatte sich gleich zu zwei unbekannten jungen Frauen gesetzt und unterhielt sich angeregt. Von Weitem hätte man sie mit ihrem Äußeren gar nicht von den 20jährigen unterscheiden können. Heike entspannte sich, alles war gut. Und niemand aus dem anderen – dem echten – Leben würde sie jemals hier finden.

Es dauerte gar nicht lange, bis Heike etwas auffiel. Niemand in der Gruppe trank Alkohol – kein Bier, keinen Wein, auch keinen Schnaps oder ähnliches. Vielleicht war das in den letzten 15 Jahren wirklich aus der Mode gekommen. Sonja und sie waren ja deutlich älter als die anderen und sie brauchte auch nicht unbedingt Alkohol, aber es fiel dennoch auf. Selbst bei den hin und wieder stattfindenden

Grillabenden mit befreundeten Familien tranken doch mindestens die Männer Bier oder die Frauen Rotwein. Dass gar nichts getrunken wurde, kannte sie überhaupt nicht. Dafür wurde in dieser Runde umso mehr geraucht, was sie wiederum von zuhause nicht kannte. Dort rauchte niemand. Dann sah sie die große Wasserpfeife. „Die nehmen Drogen", durchfuhr es sie erschrocken, „scheiße!" Verstohlen musterte sie die Runde. Sie konnte es nicht fassen. Es schien für alle das Normalste der Welt zu sein und Heike fragte sich einmal mehr, warum ausgerechnet sie nie irgendwo dazu zu gehören schien. Zwischen den Ehefrauen und Müttern fühlte sie sich oft zu unvernünftig, hier fühlte sie sich wie das spießigste Hausmütterchen jenseits der Lindenstraße. Die Wasserpfeife – gerade hatte sie das Wort „Bong" zum ersten Mal gehört - kam bei Andy vorbei und Heike`s Hoffnung er würde als einziger vernünftig sein und die Finger von solchen Dingen lassen, wurde im Keim erstickt. Vermutlich war das Zeug vegan, dachte sie genervt. Sie versuchte noch kurz hilflos an seinem Arm zu ziehen, aber er schob sie liebevoll, aber bestimmt zur Seite.

„Süße, lass mal…"

Er zog an der Wasserpfeife, bis es blubberte und blies dann eine große süßlich riechende Rauchwolke in die Luft. Dann gab er fragend an sie weiter. Sie starrte erst ihn, dann die Bong irritiert an und schüttelte dann beschämt den Kopf. Nein, dazu war sie zu vernünftig. Oder zu alt? Sie hatte doch nicht 45 Jahre lang keine Drogen genommen, um dann als verheiratete Mutter mit einem 28jährigen Aussteiger damit anzufangen. Völlig undenkbar. Eine leise hinterlistige Stimme in ihrem Kopf sagte „ja, viel cooler als dein echtes Leben, nicht?" Heike schüttelte verärgert den Kopf und die Stimme verstummte. Enttäuscht legte sie sich neben Andy auf den Rücken und beobachtete die Sterne, es war eine ganz klare Nacht und so romantisch. Bis eben. Sie seufzte.

„Hey" Andy beugte sich liebevoll zu ihr herunter und küsste sie lange und zärtlich auf den Mund.

„Alles in Ordnung?"

„Ja" schwindelte sie.

Er schmeckte etwas nach Nikotin und auch irgendwie süß – aber vor allem nach Aufregung und Abenteuer und ihr Herz begann spontan heftig zu schlagen.

„Schau mal, die Sterne!"

Er folgte ihrem Blick.

„Lass uns ein Stück gehen" schlug er unerwartet vor und zog sie hoch. Sonja war noch immer mit den Mädels am Herumalbern, aus den Augenwinkeln sah Heike die Wasserpfeife bei ihnen. Sie wollte gar nicht wissen, ob Sonja sich nun auch bekiffte, es war ihr auch egal. Sie wollte nur Andy.

Sie liefen Hand in Hand ein Stück am Ufer entlang, bis sie so weit von den anderen entfernt waren, dass sie sie nicht mehr hören konnten. Dort blieben sie stehen. Heike`s Herz hämmerte in ihrem Brustkorb, da war nichts außer der Dunkelheit, den tausend und abertausend Sternen, dem leisen Plätschern der Leine und ihm. Dem aufregendsten Mann, den sie je geküsst hatte. Der so anders war als alle, die sie je kennengelernt hatte. Mit Andy fühlte auch sie selbst sich völlig anders als sie sich je gefühlt hatte. Frei und unabhängig, weit weg von allen Sorgen und Pflichten dieser Welt. Er stand dicht vor ihr und strich ihr die Haare aus dem Gesicht. Sein weißes Hemd war offen und sie ließ ihren Blick über seine muskulöse behaarte Brust wandern. Sie schloss die Augen und stöhnte glücklich auf, als er sie küsste. Diesen unglaublichen Mann durfte sie berühren und küssen. Nur sie als einzige auf der ganzen Welt. Sie fuhr mit beiden Händen vorsichtig über seinen Oberkörper. Aus Begierde und Ehrfurcht. Und der Sorge, dass sie plötzlich aufwachte und alles nur geträumt hatte. Aber sie stand tatsächlich dort, ein leichter Wind fuhr ihr durch die Haare und sie fühlte sich sie lebendig wie nie zuvor. Die Welt schrumpfte zusammen und hielt an. Es gab nur noch Andy und sie und den Sternenhimmel.

Als sie eine Ewigkeit später zum Platz zurückkamen, war das Lagerfeuer fast aus, im Grill glomm nur noch ein winziger Rest Kohle, die meisten schliefen. Sonja lag mit dem Kopf auf Timo`s Bauch und Heike bewunderte mal wieder wie schnell ihre Freundin Kontakte knüpfte. Das hätte ihr niemals passieren können. Es war inzwischen vier Uhr morgens und sie fühlte sich vollkommen erschlagen. Andy sprach mit zweien seiner Freunde und kam dann zu ihr herüber. „Kay hat angeboten, dass wir bei ihm pennen können, er hat genug Platz. Kommt ihr mit?"
Heike überlegte – sie hatte Jan gesagt, dass sie bei Sonja übernachten würde – wenn sie Sonja jetzt mitnähme zu Kay, wäre das ja fast dasselbe, außerdem sah Sonja nicht so aus als hätte sie Lust auf ein Taxi nach Ronnenberg. Sie sagte zu. Kay wohnte in der Nordstadt, das war zumindest nicht ewig weit weg. Aber wie würden sie dorthin kommen? Andy erklärte ihr, dass zwei der „Mädels", Svenja und Tina, mit dem Auto hier seien, außerdem noch Matze. Heike war zu müde, um sich zu fragen, ob man Auto fahren sollte, nachdem man den ganzen Abend gekifft und womöglich noch andere Dinge eingeworfen hatte – sie wollte einfach nur noch schlafen und mit zu Andy konnte sie wegen Sonja nicht. Zu dritt war es im Wohnwagen zu eng und allein nach Hause schicken konnte sie sie auch nicht. Also halfen sie, alles zusammen zu packen und

kamen gegen fünf Uhr morgens bei Kay in der Altbauwohnung an. Andy und sie fanden eine Matratze, auf der sie eng aneinander gekuschelt einschlafen konnten. Heike fiel erschöpft in einen tiefen Schlaf.

Als sie die Augen aufschlug, schien die Sonne hell ins Zimmer. Sie brauchte einen Moment, um sich zu erinnern, wo sie überhaupt war. Und eigentlich auch wer sie war. Sie bemerkte einen starken warmen Arm über ihrer Taille und eine Woge Glücksgefühl rieselte über ihren Nacken. Andy murmelte leise „Nicht weggehen" und versuchte sie wieder näher zu sich heranzuziehen.

Aber es half alles nichts, sie musste zum Klo. Vorsichtig nahm sie seinen Arm hoch und schlüpfte unter der Decke hervor. Sie trug nur ihr Shirt und ihren Slip und fühlte sich etwas unwohl bei dem Gedanken mit ihrer Figur halbnackt durch eine fremde Wohnung mit lauter 20jährigen zu laufen. Sie sah sich vorsichtig nach ihrer Hose um, konnte sie aber nirgends entdecken. Was um Himmels Willen hatte sie in der Nacht damit gemacht? Es half nichts, sie musste da durch. Überall im Zimmer schliefen die Partygäste - es war ein sehr ungewöhnlicher Anblick, aber Heike amüsierte sich. „Mutti auf Abwegen" grinste sie in sich hinein. Wenn die alle wüssten, wie sie eigentlich lebte. Aber das mussten sie ja nicht erfahren. Sie fand das WC auf der gegenüberliegenden Seite des Flurs. Alte blaue Fliesen aus den 80er Jahren, ein einfacher Alibert – einer von diesen gruseligen spießigen und ach so praktischen Badezimmer-Spiegelschränken – alles hier war zweckmäßig und günstig zusammengewürfelt. Lieblos und kein bisschen von dem Landliebe-Charme, den sie in ihrer schönen heilen Welt so gern mochte. Alles war so „anders" – Heike sah sich skeptisch um. Tauschen wollte sie ihr Leben eigentlich doch nicht.

Als sie aus dem Bad kam, hörte sie Stimmen nebenan aus der Küche. Grau-weiß gemusterte große Schachbrettmuster-Fliesen auf dem Boden, die untere Hälfte der Wände mit roter Lackfarbe gestrichen, wirkte es eigentlich ganz gemütlich. Sonja und Svenja hockten mit angezogenen Beinen an dem sehr nostalgisch wirkenden Flohmarkttisch, hatten jede einen großen Becher Kaffee in der Hand und waren intensiv ins Gespräch vertieft.
„Guten Morgen Langschläferin" begrüßte Sonja ihre Freundin „ich dachte schon Du wirst gar nicht mehr wach".
Heike gähnte „wie spät ist es denn?"
„Halb Eins" grinste Sonja „Du bist eben nicht mehr die Jüngste!" Und lachend ergänzte sie „Es geht erst

wieder bergauf, wenn die Kinder so alt sind wie meine und man wieder tagelang schlafen kann."

Heike drückte sich mit zusammengekniffenen Augen den rechten Zeigefinger in die Schläfe und atmete tief ein.

„Witzig."

Sie fand ihre Handtasche auf dem Kühlschrank und kramte mit böser Vorahnung nach ihrem Handy. Scheiße, bestimmt zehn Anrufe in Abwesenheit. Aber alles war ruhig. Sie stutzte. Vielleicht kein Empfang? Doch, sogar 4G. Scheinbar hatte niemand ihre Auszeit bemerkt. Sie blies erleichtert Luft durch die Lippen. Da fiel ihr eine Whatsapp von Jan auf. Mit Herzklopfen öffnete sie sie. Es war ein selbstgemaltes Bild von Jonna und einem Delphin mit der Frage „Mami, gehn wir heute zusamen schwimmen?"

Schwimmen gehen. Mit der Familie. Puh. Keine Katastrophen. Sie versuchte ihre Gedanken zu entwirren. Alles war gut, niemand war sauer und sie konnte das Wochenende noch dazu nutzen, vor sich selbst und dem Rest der Welt so zu tun als wäre nie etwas gewesen. „Klar, Schatz" tippte sie zurück „ich frühstücke noch mit Sonja, dann komme ich!"

An der Rechtschreibung ihrer Tochter konnten sie morgen noch arbeiten.

Am späten Nachmittag stand Heike schweißgebadet in der Umkleide des Schwimmbads. Von Null auf

Hundert in wenigen Stunden. Wo hatte sie jetzt die Bürste gelassen? Um sie herum ein Chaos aus Tauchringen, Handtüchern, Duschgel, mittendrin saß Mattis noch immer halbnackt und kramte angestrengt den fünften Cracker aus der Packung – erst im Auto essen wäre nicht gegangen, da er dann verhungert wäre.

„Mattis, kannst Du Dich dann bitte anziehen?" fragte Heike ihren Jüngsten genervt „ich wollte nicht über Nacht bleiben!"

„Darf man hier über Nacht bleiben?"
Jonna zog sich die Socken wieder aus und warf sie auf den Boden.

„Die ziehe ich nicht an, die sind krümelig von innen!" Heike konnte es nicht fassen – konnte es nicht einmal reibungslos ablaufen? Sie hatten drei schöne gemeinsame Stunden im Schwimmbad verbracht, Mattis war gerutscht bis die Rutsche gesperrt wurde, Jonna hatte Kopfsprünge vom Beckenrand geübt und ließ Heike gefühlte dreihundertzwanzig Mal Tauchringe werfen. Am Ende hatten sie sich noch kurz in den Bistro-Bereich gesetzt und einen Cappucchino getrunken, die Kinder hatten Eis gegessen. Sie selbst war stolz gewesen, der Versuchung mit Eis und Muffin widerstanden zu haben – der Gedanke an Andy rief schlicht noch immer Schmetterlinge in ihrem Magen hervor, die das Essen unmöglich machten. Jetzt, in der Hektik in der Umkleide, stieg ihr Blutdruck schon wieder ins Unendliche. Sie wandte sich an Jonna.

„Ja und dann? Ziehst Du dann Deine alten Stinkesocken wieder an oder was?"

„Bäh!"

Jonna zog die Nase kraus und streckte angeekelt die Zunge raus.

„Sowas macht nur Mattis!"

Ihr Bruder trat im Sitzen nach ihr, dabei stieß er versehentlich ihre offene Apfelschorle-Flasche von der Bank, deren Inhalt sich über alle Handtücher sowie den gesamten Boden ergoss.

„SCHEISSE, verdammt! Könnt Ihr nicht aufpassen!"

Jetzt musste sie auch noch den klebrigen Boden wischen und die vollgekleckerten Sachen in ihre neue Badetasche packen. Den Bruchteil einer Sekunde zuckte die Erinnerung an den vorigen Abend in ihr hoch. Der Anblick von Andy am Fluss. Ein Schauer lief ihr über den Rücken. Sie wollte zurück. Alles war so anders und alles viel einfacher.

„Könnt Ihr Euch jetzt BITTE endlich anziehen!!"

Sie herrschte die Kinder ungewollt streng an. Aber es konnte doch wohl nicht so schwer sein! Sie schlüpfte in ihre Halbschuhe und kramte ihr Handy aus der Tasche. Eine Nachricht von ihrer Schwester „ruf mich bitte an, ich muss dringend reden!" Mit drei heulenden Smileys. Shit. Was war denn da nun wieder los? Sie seufzte und klaubte Mattis`

Badehose, Jonna`s Badeanzug, die Handtücher, Duschgels und zig andere Dinge auf und stopfte alles in die Tasche, die nun natürlich nicht mehr zu ging. Jonna hatte inzwischen barfuß die Turnschuhe angezogen. Sie wollte gerade Luft holen, um sie zu zwingen, sich die Socken anzuziehen, besann sich aber noch rechtzeitig. Sollte sie doch barfuß gehen, selbst schuld. Sie war nur froh, wenn sie draußen waren. Sie war schon wieder durchgeschwitzt, als sie endlich gemeinsam den Ausgang erreichten. Jan saß dort in sein Handy vertieft und wartete.

„Na endlich" empfing er sie genervt.

„Was habt ihr denn so lange gemacht?"

Heike war todmüde, schnappte sich lustlos Lotte`s Leine und ihr Handy und zog los, um Tanja anzurufen. Was auch immer so für ein Problem hatte, schien sich dies eindeutig nicht für die Ohren ihrer Familie zu eignen.

„Bachmann" meldete sich Tanja emotionslos.

„Hey, ich bins – sorry, ich konnte nicht früher anrufen, wir waren im Schwimmbad…"

Tanja schluchzte laut auf.

„Ralf hat eine Affaire!"

Heike versuchte ihre Gedanken zu sortieren. Affaire? Ralf? Was für ein Arsch! Wie konnte er! Was waren das für Menschen, die ihrem Partner so etwas antaten? Andy`s Gesicht tauchte vor ihr auf. Sie war verwirrt.

„Wie kommst Du denn darauf?"

Tanja schniefte und putzte sich geräuschvoll die Nase

„Er war gestern mit Andreas im Kino!"

Heike verstand nicht. Allerdings hatte Tanja den Namen Andreas seltsam betont.

„Was ist daran das Problem?"

Tanja fing wieder an zu schluchzen.

„Das ist ja das Problem! Meine Kollegin war auch da! Und Andreas hatte lange blonde Haare und hat Ralf geküsst!"

Heike und Tanja verabredeten sich für den Montagabend zum Reden im Bistro. Jan war genervt.

„Aber Du denkst schon daran, dass ich auch noch mal weggehen will?"

Heike konnte es nicht fassen! Ihrer Schwester ging es schlecht und ihr Mann, der ohnehin schon zweimal pro Woche zum Hockey ging, beneidete sie um ihre Freizeit!

„Tanja braucht mich jetzt!" erwiderte sie mit Nachdruck, während sie mit den Kindern im Badezimmer stand, um sie vor ihrem Wegfahren noch schnell ins Bett zu bringen.

„Papi liest Euch heute vor!"

„Du sollst", maulte Jonna und Heike bemühte sich, kein schlechtes Gewissen zu kriegen. Wegen Jonna, wegen Jan, wegen Andy – wegen allem irgendwie.

Tanja rührte heftig in ihrem Cocktail. In ihren grünen Augen standen wieder Tränen.
„So ein hinterlistiges Arschloch, ich bringe ihn um!" Heike rutschte unruhig auf ihrem Stuhl hin und her und fragte sich unsicher, ob diese Beschreibung auch auf sie zutraf. Andy. Sie war sich inzwischen sicher, dass sie sich verliebt hatte. Aber liebte sie Jan deswegen nicht mehr? Und musste sie auf dieses ganz besondere Gefühl verzichten? Und wenn ja, warum? Sie versuchte sich vorzustellen, dass Jan eine Affaire mit einer Kollegin hatte. Der Gedanke gefiel ihr nicht. Sie vertraute ihm, aber die Vorstellung, dass eine andere Frau ihren Platz einnahm, fühlte sich gar nicht gut an. Das war ihr Mann, den sie liebte und dem sie vertrauen wollte. Der Vater ihrer Kinder, ihre Familie. Dann musste sie es umgekehrt eigentlich auch sein lassen. Aber es fühlte sich nicht falsch an, dieses besondere verliebte Gefühl. Dadurch hatte sich rein gar nichts an ihren Gefühlen zu Jan verändert, im Gegenteil. Durch den Kontakt zu Andy fühlte sich Heike seit langer Zeit endlich wieder lebendig und glücklich, war motiviert im öden Alltag, schaffte mehr im Haushalt. Was konnte daran falsch sein? Und am Ende würde ein Verzicht aus reiner

Vernunft auch nichts an der Tatsache ändern, dass sie alle irgendwann sterben mussten. Sollte man da nicht so viel leben, wie es sich leben ließ? Versuchungen sollte man nachgehen, wer weiß, ob sie wiederkommen. Wie Oscar Wilde das wohl gemeint hatte.

„Hörst Du mir überhaupt zu?"

Ein lauter Vorwurf ließ sie tief aus den Gedanken schrecken und das ganze Bistro schien einen Augenblick lang wie ein Standbild auszusehen. Tanja sah sie wütend an. Heike schoss das Blut ins Gesicht.

„Entschuldige, ich musste an etwas denken...!"

„Na ganz toll" schnaubte Tanja erbost „deine Schwester hat zum ersten Mal richtig Probleme, aber Frau Perfekt plant ihr nächstes Familien-Menü!"

Wenn es das nur wäre, dachte Heike beklommen, riss sich aber zusammen.

„Tut mir leid, was hast Du zuletzt gesagt?"

„Ich habe gesagt, dass ich mich von Ralf trennen werde" schniefte Tanja, während sie nahezu angewidert den Rest ihres Salats von sich wegschob.

„Trennen? Warum denn?"

Heike widerstand nur mühsam dem Bedürfnis, auf ihrem Handy nach einer Whatsapp von Andy zu sehen. Tanja starrte sie wortlos an.

„Ich habe Dir gerade erzählt, dass mein Mann eine Affäre hat! Da MUSS man sich trennen!"

Heike versuchte ihre Gedanken zu ordnen, um nicht völlig abwegige Antworten zu geben, die sie am Ende noch selbst verraten hätten. Sie hatte Tanja bisher nichts von Andy erzählt, weil sie beide zu verschieden waren und sie erst versuchen musste, mit sich selbst und ihrer Situation zurecht zu kommen.

„Muss man?" sagte sie, um Zeit zu gewinnen „wo steht das denn?"

Tanja fuhr sich verunsichert mit der Hand durch die Haare.

„Na das ist doch klar, wie soll das denn sonst gehen?" Heike nahm einen tiefen Zug aus ihrem Cocktail. Am Tisch schräg gegenüber nahm sie beiläufig ein Paar wahr, welches augenscheinlich noch mehr Probleme hatte als sie selbst – beide saßen mit dem Blick auf das jeweils eigene Handy gerichtet vor ihren vollen Tellern und sprachen kein Wort. Ihr alkoholfreier Cocktail war super und half ihr, wieder klarer zu denken.

„Ich meine" sagte sie nachdrücklich „du kennst die Hintergründe noch überhaupt nicht. Du solltest nicht einfach so alles wegwerfen, ohne mit ihm zu sprechen und ihn zu fragen, wieviel ihm die Sache überhaupt bedeutet!"

Zeitgleich fragte sie sich, was sie Jan auf diese Frage wohl antworten müsste, aber das war ja gottseidank gerade nicht das Thema.

„Vielleicht ist er ja nur dieses eine Mal schwach geworden, sie waren nur einmal im Kino und ausgerechnet da war Deine Kollegin da! Vielleicht hat er jetzt schon ein superschlechtes Gewissen!"

Heike spürte den Vibrationsalarm ihres Handys in der Handtasche und sah betont beiläufig aufs Display „Freue mich auf unser Wiedersehen! Kuss, A."

Ein Schauer rieselte über ihren Nacken und sie spürte ein warmes Glücksgefühl im Bauch. Schnell schob sie das Handy zurück in die Tasche und lächelte in sich hinein.

„Es wird ganz sicher eine Lösung geben!"

Eine Woche später traf sie sich nur kurz mit Andy am Maschteich. Sie hätte ihn gerne länger gesehen, aber am Wochenende war der 69. Geburtstag ihrer Schwiegermutter und am Sonntag ein Judo-Wettkampf. Es war ohnehin völlig illusorisch, dass sie sich jedes Wochenende treffen konnten. Sie saßen eng aneinander gekuschelt am Wasser, Andy hatte die Arme fest um sie gelegt und sie genoss die Wärme und Vertrautheit, kombiniert mit diesem unglaublich aufregenden Kribbeln der Verliebtheit. Sie hatten sich seit dem Tanz in den Mai nicht mehr gesehen und sie wünschte sich, dass sie sich bald wieder bei ihm im Wohnwagen treffen konnten. Sie dachte daran, dass sie noch immer nicht miteinander geschlafen hatten. So gesehen hatten sie auch gar keine Affaire. Sie wollte nicht darüber nachdenken, schmiegte den Kopf auf seinen Unterarm und schloss die Augen. In der Nähe landeten schnatternd ein paar Enten. Heute schien leider nicht die Sonne, aber es war angenehm warm und die Vögel erinnerten an den Frühling. Das Paradies.

„Jetzt sehen wir uns erstmal eine Weile nicht" seine Stimme schien unwirklich in der Stille zwischen Sonne und weiter Ferne.

„Ist ja nur ein Wochenende..." murmelte Heike mit einem wohligen Aufseufzen in seinem Arm.

„Das meine ich nicht, ich gehe nach Dänemark!"

Heike erschrak und drehte sich zu ihm.

„Dänemark? Für immer?"

Sie wandte sich um, starrte ihn entsetzt an und hatte augenblicklich das Gefühl gleich in Tränen auszubrechen. Er kniff die Augen zusammen und küsste sie sanft auf die Nasenspitze.

„Nicht für immer, Dummerchen. Zumindest noch nicht!"

„Was machst du da?"

Sie hatte bei der Formulierung „noch nicht" noch immer kein richtig gutes Gefühl. Er pikste ihr liebevoll mit dem Zeigefinger in die Taille.

„DU hast ja schon einen Job und ein festes Gehalt! Ich wollte meine Zeit auch irgendwann sinnvoll verwenden und nicht von Gelegenheitsjobs und schnorren abhängig sein – auch wenn man dabei die tollsten Frauen kennenlernt!"

Er zwinkerte ihr zu. Sie musste ihm Recht geben. Er war zwar derzeit arbeitslos, hatte aber einen Schulabschluss und war nicht auf den Kopf gefallen – wie konnte sie davon ausgehen, dass er sein Leben für immer so leben wollte wie jetzt.

„Warum willst Du in Dänemark arbeiten? Hier gibt es doch genug Jobs!"

Sie fand es trotzdem alles doof. Sie wollte, dass alles für immer so blieb wie jetzt.

„Kannst Du Dir mich in einer Bank vorstellen?"

Er lachte und fuhr mit dem Finger ihren Oberschenkel entlang. Sie kam sich blöd vor. Klein und blöd. Spießig. Nein, konnte sie nicht. In einem geordneten Leben mit Bankjob, Kindern und Haus konnte sie sich nur sich selbst vorstellen. Er wäre eher der Typ Tauchlehrer oder Freeclimber. Sie fand, dass es ungerecht war, dass Menschen so verschieden waren – zumal ihr immer nur der spießige Teil zuzufallen schien.

„Ich will bei meinem Cousin Ole in die Surfschule einsteigen! Er kann Unterstützung brauchen!"

Er klang so zielstrebig, als sei alles längst beschlossene Sache.

„Kannst Du da denn genug verdienen?"

Er zuckte die Achseln.

„Ich brauche nicht viel, ich kann erstmal mit ihm zusammenwohnen und später suche ich mir was eigenes".

Heike dachte an ihre verschiedenen zuteilungsreifen Bausparverträge, ihr Sparbuch, die Wertpapiere und ihr immer ordentlich gefülltes Familienkonto. Es fühlte sich komisch an. Eigentlich konnte sie sich schon als reich bezeichnen. Jedes Jahr fuhren sie zweimal in einen zweiwöchigen Urlaub, Jan dazu regelmäßig in den Skiurlaub, sie trugen teure Klamotten, gingen oft ins Theater oder zu sonstigen Veranstaltungen und wenn sie irgendetwas haben wollte, konnte sie es sich einfach kaufen. Jetzt bewunderte sie einen mittellosen arbeitslosen 28jährigen, der auswandern wollte. Ihr Gehirn streikte.

„Ich fahre jetzt erstmal für drei Wochen nach Klitmøller" erzählte Andy „das ist ein Surfspot an der Westküste – ich war früher schon ein paarmal dort! Ole hat da den Surfshop."

„Hast Du genug Geld für die Fahrt?"

Heike kam gedanklich noch immer nicht ganz hinterher. Er sah sie mit seinen hellblauen Augen hintergründig lächelnd an.

„Haste mal`n Euro?"

Die drei Wochen würden lang werden, da war sich Heike sicher. Sie würden sich erst im Juni wiedersehen, da auch bei ihr noch einige Termine bevorstanden. Sie fragte sich inzwischen, wie ihr Leben früher verlaufen war. Es gab nur noch ein davor und ein danach. Ein Leben vor Andy und ein Leben nach Andy. Beide hatten nur wenig miteinander zu tun. Sie konnte sich kaum noch vorstellen, wie sie den immer gleichen Alltag ohne jegliches Abenteuer oder dieses unglaubliche Gefühl der Verliebtheit ausgehalten hatte. Sie fühlte sich Jahrzehnte jünger und lebendiger, seit Andy in ihrem Leben war und wollte dieses Gefühl auf keinen Fall wieder verlieren. Über ein mögliches Ende ihres Kontakts wollte sie nicht nachdenken. Selbstverständlich kam es nicht in Frage mit den Kindern und Andy zusammen zu leben – es würde auch alles kaputt machen. Aber aufgeben konnte sie ihn deshalb noch lange nicht. Drei Wochen würden ihr zumindest ein bisschen Luft zum Nachdenken geben – ob sie wollte oder nicht.

Am Tag seiner Abreise trafen sie sich morgens am Bahnhof. Er hatte nichts dabei außer seinem alten Bundeswehrrucksack und einem Schlafsack. Sie standen morgens um 7.00 Uhr auf Gleis 9 inmitten des Alltagstrubels und vergaßen die Zeit um sich herum. Nach einem langen intensiven Kuss schob Andy sie ein kleines Stück zurück, um sie zwinkernd anzusehen.

„Vergiss mich nicht!"

Heike schüttelte den Kopf und lehnte ihn an seine Brust.

„Schreibst Du mir?"

„Klar!"

Er drückte sie an sich.

„Es sei denn ich hab kein Netz! Und ich muss natürlich auch erstmal sehen, wann ich ankomme – ab Flensburg muss ich trampen!"

Heike fand den Gedanken gruselig – klar war er ein Mann, aber trampen war etwas, was ihr im Leben nicht eingefallen wäre. Spießig. Nein, vernünftig! Sie musste damit aufhören, sich neben ihm immer wieder brav und spießig zu fühlen. Als der Zug einfuhr, küssten sie sich noch einmal lange – dann war er auch schon im Abteil verschwunden und winkte ihr durch das Fenster zu. Heike winkte zurück und sah dem Zug nach, bis er verschwunden war.

Zwei Tage später fühlte sich Heike`s Leben schon fast so an, als hätte es Andy nie gegeben. Sie stand mit Mattis am Empfangstresen vom Kinderarzt und wartete, bis die Mutter vor ihr endlich ihre ungefähr 30 Fragen gestellt hatte. Sie wollte selbst eigentlich nur einen Termin für die U7 vereinbaren und dann noch eine Impfung für Jonna, stand nun aber schon seit 15 Minuten dort. Sie holte tief Luft und seufzte leise. Zuhause sah es aus als hätten sie seit Monaten nicht mehr aufgeräumt, in einer Stunde war Jonna`s Ballettunterricht, sie musste dringend noch zur Bank und zwei Überweisungen machen und um 18.00 Uhr war der Elternabend in der Schule, wo es um die Klassenfahrt von Jonna im nächsten Schuljahr ging. Die Klassenfahrt! Scheiße! Sie hatte das Anschreiben mit der Kontonummer verlegt und morgen endete die Frist. Ihr wurde heiß bei dem Gedanken was noch alles zu tun war. Ihren eigenen Zahnarzttermin hatte sie wegen der Termine der Kinder nun schon dreimal verschoben, es passte einfach nie. Warum konnten Ärzte nicht auch nachts Termine vergeben – so das arbeitende Mütter auch mal zum Arzt konnten! Endlich war die Mutter vor ihr fertig.

„Hallo Frau Neumann, wie kann ich Ihnen helfen?"

Als Heike spät abends vom Elternabend zurückkam, fühlte sie sich wie durch den Fleischwolf gedreht. Der Tag war lang und anstrengend und beim Aufschließen der Haustür wünschte sie sich nur noch ein ruhiges aufgeräumtes stilles Haus und ein Sofa. Sie schob die Tür auf und Lotte stürzte sich freudig auf sie. Heike seufzte – Lotte war so süß – immer lieb und freundlich, nie muffelig und mies gelaunt, Hunde waren einfach die besseren Menschen. Sie knuddelte sie ausgiebig und wollte gerade ihre Jacke aufhängen, da bemerkte sie, dass Jan nicht allein im Wohnzimmer saß – hatte er Besuch? Als sie ins

Wohnzimmer kam, traf sie fast der Schlag – beide Kinder saßen freudestrahlend auf dem Sofa und schauten „Willi wills wissen" – der Tisch war übersät von den Resten des Abendessens, auf dem Fußboden lag Mattis` Star Wars Lego verstreut und überall Kissen und Decken! Sie bekam eine Hitzewallung und hatte das Gefühl auf der Stelle einen Herzinfarkt zu bekommen.

„Sag mal, habt Ihr einen Knall??" herrschte sie Jan an, der seelenruhig auf dem Sofa lag und auf seinem Handy tippte. Er sah sie verständnislos an, sie hätte ihn umbringen können.

„Was ist DAS HIER?"

Sie lief dunkelrot an vor Wut und Entsetzen und deutete auf das Chaos um sie herum. Jan setzte sich auf und klappte sein Handy zu.

„Die paar Teile hätte ich gleich noch aufgeräumt!"

Seine Gleichgültigkeit ließ sie fast völlig überschnappen. Sie zwang sich nicht durchzudrehen und versuchte es ganz langsam und ganz deutlich.

„Es ist...einundzwanzig Uhr und Deine Kinder sollten seit einer Stunde umgezogen mit geputzten Zähnen im Bett sein!"

Jan zuckte die Achseln.

„Ja mein Gott, mach jetzt kein Drama draus – ich musste noch was für die Arbeit machen und meine Hockeysachen waschen – was DU ja nicht geschafft hast!"

Mattis fing an zu weinen und Jonna sagte „Mami, nicht streiten, wir räumen das schnell weg!!"
Heike nahm Mattis in den Arm.
„Nun wein mal nicht, aber ihr solltet doch schon schlafen."
Ihre eigene Erschöpfung war vor Wut völlig verflogen. Jan stand mit den Worten „man kann es auch übertreiben" maulig auf und bequemte sich, im Schneckentempo ein paar Teller zusammenzustellen. Heike zwang sich nicht hinzusehen und verschwand schnell mit den Kindern nach oben. Lotte hatte sich im Körbchen zusammengerollt, für sie war der Tag beendet.

Als Heike eine Stunde später wieder ins Wohnzimmer zurückkam, war Jan beleidigt ins Bett gegangen. Sollte er ruhig, sie hätte auch keine Lust gehabt weiter rumzustreiten. Sie verstand nicht, warum er nicht einsah, dass die Kinder einen geregelten Tagesablauf brauchten und rechtzeitig im Bett sein mussten und das auch sie nach einem langen Tag abends ihre Ruhe und ein aufgeräumtes Haus brauchte, weil sie wusste, dass am nächsten Tag anderenfalls nur das doppelte Chaos dazu kam. Sie erinnerte sich an verschiedene Gespräche mit Freundinnen, die von ihren Männern genau dasselbe erzählt hatten. Die meisten Männer schafften es, sich nach einem langen Tag mitten ins Chaos zu legen und sich zu entspannen – vielleicht weil sie wussten, dass sie das Chaos am nächsten Tag ohnehin nicht mehr sehen würden, weil sie den ganzen Tag bei der Arbeit waren? Sie war dort zwar auch ein paar Stunden, saß danach aber allein mitten im Chaos und der Berg wuchs ins Unermessliche – dazu musste sie dann alle Termine und alles Organisatorische zu erledigen. Da war es doch klar, dass man es abends nicht so lassen konnte. Sie ließ sich mit einem Seufzer aufs Sofa fallen. Feierabend! Sie griff nach ihrem Handy und hoffte auf eine Nachricht von Andy. Das Display zeigte acht Nachrichten an, ihr Herz machte einen Hüpfer. Bei acht Nachrichten war ganz sicher eine von Andy. Wenigstens noch ein kleines Highlight am Abend. Sie öffnete Whatsapp. Sieben Nachrichten waren aus der Judo-Gruppe „Bennet kann morgen nicht zum Training kommen, er hat Windpocken", „Gute Besserung", „von uns auch", „der Arme, gute Besserung", „hatte Linus auch schon", schniefender smiley, „danke"! Heike verdrehte enttäuscht die Augen. Die achte Nachricht war von Jan während des Elternabends „hab den Müll schon rausgestellt".

Andy war jetzt schon fast zwei Wochen unterwegs und Heike vermisste ihn von Tag zu Tag mehr. Er meldete sich alle paar Tage kurz per Whatsapp und eigentlich hatte sie das Gefühl, dass sie nur noch von Whatsapp zu Whatsapp lebte. „Hallo meine Sonne, ich vermisse Dich. Hier läuft es super, ich habe schon viele Infos bekommen. Ich glaube das kann angehen!" oder „Ich vermisse Dich" Sie seufzte und tat das, was sie immer tat. Geschirrspüler aus- und wieder einräumen, staubsaugen, Toiletten schrubben, einkaufen, kochen, arbeiten, Wäsche waschen, die Kinder zu ihren Hobbies fahren. Aber alles ohne Motivation. Es fiel ihr unendlich schwer und sie hatte Angst, dass sie nie wieder ein normales unabhängiges Leben haben würde. Sie konnte doch nicht für immer ihre Stimmungen abhängig machen von einem einzigen Menschen und dessen Nachrichten. Was war los mit ihr? Sie zwang sich von Termin zu Termin, aber nichts schien wirklich sinnvoll zu sein. Sabine traf sich inzwischen regelmäßig mit Thomas und tarnte es als Besuch in der Therme oder als Überstunden. Es war ihr auch egal, sie hatte nur keine Ahnung wie es mit ihr selbst weitergehen sollte. Immerhin mit der Abnahme lief es viel besser als erwartet. Anfangs aus Begeisterung für das neue aufregende Gefühl, nun wegen Andy`s Abwesenheit – sie fand nicht recht zu ihrem alten Appetit zurück. Beim Treffen von *ZFM*, dann die Überraschung: 110 kg! Marina fragte sie zu Beginn des Treffens, ob sie sie, Heike, für ihre Abnahme vor der Gruppe loben dürfe – Heike stimmte selbstverständlich zu. Sie konnte es nicht fassen! 10 kg weg! Einfach so! Aber nur sie wusste, dass dies nicht an ihrer herausragenden Disziplin lag, sondern daran, dass sie verliebt war. Das konnte sie ja schlecht sagen. Entsprechend schüchtern nahm sie das Lob und den Applaus entgegen und musste ein bisschen lächeln. Das Leben war doch irgendwie verrückt.

Für den kommenden Samstag war ein Mädelsabend mit Sabine und Sonja geplant, darauf freute sie sich sehr. Endlich mal wieder rauskommen und nicht grübeln müssen. Sie wollten zuerst Sushi essen und in eine Cocktailbar, anschließend vielleicht noch in einen Club, auf jeden Fall Spaß haben.
Als Sabine sie abholte, wirkte sie anfangs seltsam abwesend. Heike nahm sich vor später nachzuhaken, aber erstmal musste sie sich noch von den Kindern verabschieden. Jonna lief noch immer in dem neuen Ballettanzug durchs Haus, den sie am Nachmittag in dem großen neuen Sportartikelgeschäft gekauft hatten.
„Sabiiiine, guck mal!!! Der ist neu!!!"
Sie drehte sich schwungvoll um sich selbst.
„Sehr schön!" lobte Sabine sie und zu Heike gewandt ergänzte sie „wir haben Justus dort auch gerade neue Fußballschuhe gekauft, ich liebe den Laden! – Übrigens, Sonja kommt direkt zum Sushi!"
„Alles klar, dann nichts wie los!"

Zwei Stunden später war Heike betrunken genug, um beiden Frauen den aktuellen Stand ihres Kontakts zu Andy zu erzählen und hatte erfahren, dass Sabine`s Affaire aufgeflogen war. Sebastian schon lange den Verdacht gehabt hatte, dass Sabine etwas mit einem anderen Mann angefangen hatte und sie direkt zur Rede gestellt hatte. Nach dem anfänglichen Eklat hatte er ihr verziehen und beide hatten sich vorgenommen, mehr Zeit zusammen zu verbringen. Sie hatten Hoffnung, dass sie ihre Ehe gemeinsam wieder auf die Reihe kriegen würden. Sabine war sogar erleichtert, dass das Versteckspiel ein Ende hatte und auch Thomas hatte es mit Fassung getragen. Die letzten Wochen waren so chaotisch gewesen, dass die Freundinnen froh waren, endlich einmal an gar nichts denken zu müssen und so landeten sie zuletzt tatsächlich volltrunken im Partyclub. Trotz ihres Zustands fiel Heike auf, wie anders die Menschen hier waren. Völlig anders als bei ihrem Abend an der Leine, anders als im Solar, anders als in ihrem Alltag. Da fiel ihr Blick auf einen Typen, der ihr irgendwie bekannt vorkam. Dank ihrer drei Cocktails dauerte es etwas, bis sie ihn zuordnen konnte. Es war kein früherer Kollege von ihr, auch nicht der Bruder einer Schulfreundin… es war ihr Schwager Ralf, der mit einer langhaarigen barbieähnlichen Blondine knutschte und seine Hand auffällig weit unten an ihrem Rücken gelegt hatte. Ein flaues Gefühl breitete sich in der Magengegend aus und es kam definitiv nicht vom Alkohol. Dann tat sie etwas, was sie im nüchternen Zustand niemals getan hätte – sie ging zu ihnen hinüber.

„Hallo Ralf!"

In seinem betrunkenen Zustand dauerte es einen Moment, bis ihm dämmerte, wer da vor ihm stand. Augenblicklich rückte er einen halben Meter von Barbie ab.

„Heike!"

Mehr brachte er vor Schreck nicht raus – sehr armselig, wie Heike fand. Sie ergriff die Initiative und fragte neugierig „oh, wer ist denn Deine Begleitung? Eine Kollegin? Seid ihr öfter hier?"

Sie streckte der verblüfften Blondine zackig die Hand hin. Ralf war es sichtlich peinlich erwischt worden zu sein. Er sah verunsichert von einer zur anderen.

„Das ist Claudia, meine Sekretärin – und – meine Schwängerin Heike" murmelte er und es fehlte nicht viel und er hätte sich in Luft aufgelöst.

„Achso" lächelte Heike zuckersüß „dann macht Euch noch einen schönen Abend und liebe Grüße an Tanja!"

Damit ließ sie die beiden überrumpelt stehen und kehrte zu Sabine und Sonja zurück. Sie war sich sicher, dass die Sache sich damit erledigt hatte. Mit der Sekretärin. Einfallsloser ging es auch kaum. Aber irgendwie hatte Heike so langsam das Gefühl, dass die angeblich heile Welt an vielen Stellen nur Fassade war. Sie bestellte sich noch einen Longdrink, bemühte sich nicht an Andy zu denken und hörte erst auf zu Tanzen, als sie die letzte auf der Tanzfläche war und Sabine und Sonja sie mit zum Taxi nahmen.

Im Bett angekommen warf sie noch einen letzten Blick auf ihr Handy, eigentlich nur um zu sehen, ob Sabine und Sonja noch Fotos geschickt hatten. Ein Kribbeln zog durch ihren Bauch, als sie Andy`s Namen las „war auf einer Party, ich wünschte, Du wärst bei mir…. KUSS, A." „ps. Gute Nacht, träum süß!" Sie lächelte und tippte „Du auch…! Heike".

Juni

Auf die Plätze, fertig, los, in ein neues Abenteuer
(Angelika Emmert)

„Na, das ist ja gut, dass das mal einer wegmacht!"
Heike sammelte gerade Lotte`s Hinterlassenschaften
vom Gehweg mit einer Tüte ein – eine lästige Pflicht
– und bei Lotte`s Größe auch nicht eben zu verachten
– da hörte sie hinter sich die fast schon keifende
Frauenstimme. Schwitzend und außer Atem vom
Bücken und Luft anhalten, drehte sie sich um und
direkt vor ihr Stand Else Kling – Kittelschürze, kurze
Dauerwelle, dickliche Figur und Stützstrümpfe in
alten Latschen. Sie erstarrte entsetzt – mit dieser
Frau wollte sie sich ganz sicher nicht über
Hundehaufen unterhalten. Else sah sie
besserwisserisch an.
„Wissen Sie, es geht mich ja nichts an – aber diese
ganzen Hundebesitzer – die haben ja wirklich alle
KEINEN Anstand! Die lassense doch hinscheißen wo
se wolln! Ist denen doch egal! DIE müssen das ja nicht
wegmachen! Aber ich oder was?"
Heike wollte eigentlich nur nach Hause und fragte
irritiert „haben Sie denn auch einen Hund?"
„Um Gottes Willen, das fehlte ja noch, dass mir so ein
Köter ins Haus kommt! Macht nur Dreck!"

97

Heike versuchte sich zu sammeln „aber was habe ich damit zu tun, ich hab ja alles aufgesammelt...“

Else sah verächtlich zu Lotte runter, die unbehaglich hinter Heike zurückgewichen war.

„Kann sein, aber EIGENTLICH macht das NIE wer weg“ beharrte sie auf ihrem Standpunkt.

Heike wusste nicht, warum die Frau ihr ein Gespräch aufdrängen wollte.

„Ja also dann... ich muss auch los!“

Else murmelte grimmig.

„Schönen Tach auch“ und verschwand hinter ihrer hohen Hecke in den Garten.

Warum konnte man eigentlich nie unbehelligt bleiben. Aber heute konnte Heike zum Glück nichts die Laune verderben. Sie hatte am Abend eine Verabredung mit Sabine, allerdings nur auf einen Kaffee. Danach würde sie endlich Andy im Wohnwagen treffen, er war am Freitag zurückgekehrt. Sie war happy und schnippelte glücklich die Möhren für die Gemüsesuppe. Das aufkeimende schlechte Gewissen für den Grund ihrer guten Laune verdrängte sie. Jan war mit den Kindern im Schwimmbad, sie hatte noch genug Zeit zum Aufräumen, Gassi gehen, kochen und sogar noch, um sich auszuruhen und in Ruhe zu duschen. Mit Sabine hatte sie vereinbart alibimäßig bei ihr zu übernachten, so dass es nicht auffiel, wenn sie erst am nächsten Morgen zurückkam. Sebastian war übers Wochenende mit Freunden weg, so dass dies auch nicht weiter problematisch sein würde. Sie überlegte, was sie wohl anziehen sollte. Ihre Abnahme ging gut voran, dennoch war sie leider noch immer über der hundert Kilo Marke. Sie hatte sich eine neue weiße Jeans und ein hellblaues Top mit dunkelblauen Blüten gekauft – und endlich neue Unterwäsche, nur zur Sicherheit! Schlabbrige Baumwolle fiel definitiv aus. Sie fühlte sich zumindest sehr wohl in der schönen dunkelblauen Wäsche. Zu sagen, dass sie sich schon attraktiv fand mit den Röllchen und der Cellulite, wäre vielleicht übertrieben, aber es war dennoch ein himmelweiter Unterschied zu abgetragenen alten Sachen. Eigentlich bescheuert, dass man sich so etwas nicht auch unabhängig von neuen Begegnungen gönnte, einfach nur für sich selbst.

Sie packte einen kleinen Rucksack mit dem Nötigsten zusammen, Zahnbürste, Wechselsachen. Bei dem Gedanken, dass sie wahrscheinlich wirklich über Nacht bei Andy bleiben würde, lief ihr ein Schauer über den Rücken. Ohne dass sie es verhindern konnte, fielen ihr Kondome ein. Ein Schreck durchfuhr sie. Auch wenn sie gerne behauptet hätte, dass da natürlich nichts passieren würde – sie wusste, dass dem nicht so war. Sollte sie kneifen?

Zum Glück hatte sie seit der Geburt von Mattis eine Hormonspirale. Auch wenn Jan und sie die meiste Zeit ohnehin zu erschöpft für solche Dinge waren. Oder vielleicht war der Sex auch ganz einfach eingeschlafen, wie bei vielen anderen Paaren. Sie wusste nicht, woran es lag. Jetzt schien das Abenteuer plötzlich zum Greifen nah. Sie zwang sich zur Ruhe und beschloss, erstmal abzuwarten. Vielleicht passierte ja wirklich nichts.

Sabine erzählte im Alex gerade von ihrem geplanten Italienurlaub, als Heike`s Blick auf die Uhr fiel.
„Shit, es ist ja schon 18.30 Uhr! Sorry, Sabine, ich muss echt los!"
Sabine grinste sie hintergründig an.
„Na dann viel Spaß und tu nichts, was ich nicht auch tun würde!"
Heike lachte.
„Gar kein Problem!"
Sie gaben sich Küsschen links und rechts, Heike zahlte ihren Cappuccino und machte sich auf den Weg. Sie hatte Andy so lange nicht gesehen – drei Wochen – aber es fühlte sich an wie eine Ewigkeit. Sie war aufgeregt und auch unsicher – vielleicht war jetzt alles anders als vorher.

Als sie mit ihrem Rucksack vor der Wohnwagentür stand, klopfte ihr Herz bis zum Hals. Er öffnete die Tür und bei seinem Anblick hatte sie das Gefühl vor Freude gleich ohnmächtig werden zu müssen. Groß, blonde verstrubbelte Haare, braungebrannt und ein enganliegendes weißes Shirt. Dazu die ausgeblichene Jeans. Er strahlte bei ihrem Anblick und zog sie augenblicklich eng an sich. Innerhalb von zwei Sekunden hatte sich der Rest der Welt in Luft aufgelöst und es gab nur noch Andy und sie. Sie umarmte ihn fest und zog ihn an sich, dann küssten sie sich lange. Heike spürte ihr Herzrasen und ihre Erregung, sie wusste, dass sie heute auf keinen Fall mehr vernünftig sein konnte. Eng an ihn gedrängt spürte sie auch seine Erregung an ihrem Körper. Da wurde er zärtlicher und schob sie sanft ein bisschen von sich weg.

„Hey Süße, ich habe Dich so vermisst!"

Er nahm sie diesmal eher freundschaftlich in den Arm und sie legte ihren Kopf an seine Brust.

„Wir müssen noch einkaufen, ich hab echt gar nichts da! Ich dachte Du bleibst heute?"

Er sah sie fragend an. Sie nickte lächelnd.

„Ja, ich bleibe bei Dir, Sabine" und auf seinen irritierten Blick hin küsste sie ihn sanft auf die Wange.

Er lachte und griff nach seinem Rucksack.

„Dann los, wir müssen einkaufen und vorher noch zum Outdoorladen!"

„Aber macht der Edeka nicht um 20.00 Uhr zu?"
Heike sah irritiert auf die Uhr und sich dann wieder in dem alternativen Outdoorladen um, in dem Andy sich für seine Touren versorgte. Es war 19.45 Uhr. Er lächelte sie beruhigend an!
„Ja, 20.00 Uhr, aber das heißt ja nur, dass sie uns bis 20.00 Uhr reinlassen müssen!"
Heike kannte das eher so herum, dass man bis 20.00 Uhr wieder draußen sein musste. Aber davon wollte Andy nichts wissen.
„Das klappt, Süße!" beruhigte er sie und begutachtete in Ruhe ein Trekking-Messer. Heike wurde immer nervöser, versuchte sich aber nichts anmerken zu lassen. In zwanzig Jahren war sie noch nie erst kurz vor Ladenschluss einkaufen gegangen, das hätte auch Jan niemals getan. Es war ihr irgendwie unangenehm. Und sie fand auch, dass es sich nicht gehörte. Aber Andy schien ihre Sorgen überhaupt nicht zu teilen. Immer wieder sagte er ihr „nun hetz mal nicht, die müssen uns bis 20.00 Uhr reinlassen!" Um 19.55 Uhr bezahlte er endlich das Messer und sie liefen los. Heike kriegte insgeheim eine Krise, zwang sich aber zur Besonnenheit. Wie peinlich! Um 19.58 Uhr stürmten sie in den Edeka und Andy schnappte sich einen Einkaufswagen. Auch das noch! Sie wäre am liebsten im Boden versunken. Wollte er nun noch einen Großeinkauf machen? Er wollte! Allmählich wich die Beschämung einer Art

inneren Gleichgültigkeit. Es war derart peinlich um 20.20 Uhr noch in aller Seelenruhe durch alle Gänge zu laufen, dass sie sich fühlte wie ein Schaf auf dem Weg zur Schlachtbank. Obwohl Andy sich ausschließlich vegan ernährte, fand er auf Anhieb alles was er brauchte – sie selbst hätte hierfür doppelt so lange gebraucht. Aber wenn er schon seit Jahren so lebte, war es ja auch klar. Immer wieder hörten sie die Durchsage „an alle Kunden, wir weisen darauf hin, dass unser Markt um 20.00 Uhr schließt. Bitte begeben Sie sich umgehend zu einer der Kassen!" Heike seufzte und schickte ein Stoßgebet zum Himmel, als Andy endlich zu den Kassen abbog. Die Kassiererin fand ihn augenscheinlich attraktiv, und flirtete ganz ungeniert mit ihm, wo er lachend drauf einging. Heike fragte sich, ob sie sie wohl für seine Mutter hielt! Gottseidank sah sie super aus in ihrer weißen Jeans und dem neuen Outfit, sonst hätte sie sich noch alt und hässlich gefühlt neben der 22jährigen Janine Möller – das stand zumindest auf dem Namensschild der Kassiererin. Alt fühlte sie sich heimlich trotzdem. Als Andy und sie um 20.30 Uhr den Einkaufswagen zurückschoben, machte sie zehn Kreuze und war kurz davor, vor Erschöpfung in einer Ecke zusammenzusinken.

„Ich dachte wir grillen und ich erzähle Dir von Dänemark!" sagte Andy beim Rückweg zum Wohnwagen. Die Sonne stand schon tiefer, aber es war angenehm warm für Juni. Heike freute sich auf einen schönen Abend.

„Gerne, ich bin gespannt."

Sie hatten es sich an einem aus Steinen selbstgebauten Grill gemütlich gemacht. Es war fast wie beim Camping – nur ein ungewohntes „abenteuerliches" Gefühl blieb Heike, da sie wusste, dass dies eigentlich kein offizieller Stellplatz war und sie immer ein wenig unsicher war, ob nicht gleich die Polizei bei ihnen auftauchte, um ihnen mitzuteilen, dass dies weder ein Lagerplatz noch ein Grillplatz war – aber nichts passierte. Sie stellte sich vor, was wohl die anderen Väter und Mütter denken würden, wenn sie sie hier sehen würden – weit ab vom spießigen – sie korrigierte sich – bürgerlichen Vorstadtleben mit den Reihenhausgarten-Grillpartys. Dazu noch mit Andy. Sie grinste in sich hinein. Ohne Zweifel würden sie sie für völlig verrückt halten und womöglich für immer verurteilen. Vermutlich war es besser, sie würden nie davon erfahren. Sie aßen vegane Bratwurst, Gemüsespieße mit Paprika, Pilzen und Mais, dazu Baguette mit einem Kräuterfrischkäseersatz auf Mandelbasis und teilten sich einen veganen Kartoffelsalat direkt aus der Packung. Heike hatte das Gefühl in ihrem ganzen Leben nicht besser gegessen zu haben. Andy`s Blick fiel auf den Kartoffelsalat.

„Tut mir leid, sowas bist Du vermutlich nicht gewohnt!"

Heike dachte an den ständigen Kochzwang in der Welt der Eltern und schüttelte genervt den Kopf.

„Nein, wirklich nicht!"

Andy sah sie entschuldigend an.

„Das verstehst Du falsch!"

Heike setzte ihr Glas ab und blickte ihn erschrocken an.

„Ich meine ich finde das hier super!! Ich hasse diesen Zwang, das perfekte Essen ständig selbst machen zu müssen!" Sie verzog das Gesicht. „Ich hasse kochen! Ich habe weder Zeit noch Lust dazu, mache es natürlich trotzdem so oft es geht, allein wegen der Kinder - aber ich hasse es, es zu müssen! Wenn jemand Spaß dran hat, kann er das ja gerne tun, aber ich nun mal nicht! Ich weiß nicht, warum man dafür immerzu angefeindet wird!"

Andy hob beschwichtigend die Hände und lachte „schon gut, schon gut, ich glaube Dir ja! Ich feinde Dich nicht an!"

Er nahm einen Schluck aus seiner Bierflasche und schüttelte beim Absetzen belustigt den Kopf.

„Oh Mann, in Deinem Alter scheint man wirklich noch viel schlimmere Probleme zu haben als in meinem" – er schielte schräg von unten zu ihr hoch „aber sonst ist Dein Leben entspannt?"

Heike bewarf ihn mit einem Stück Baguette
„Blödmann!"
Er wich geschickt aus und sah dem Brot hinterher.
„Freuen sich die Enten!"

Sie saßen lange draußen auf einer Decke, es war inzwischen dunkel und Andy hielt sie in seinen Armen. Sein Cousin Ole hatte berichtet, dass er zunehmend Schwierigkeiten hatte, allen Kundenwünschen gerecht zu werden und dass er immer öfter Interessenten abweisen müsse. Er freute sich daher schon sehr auf die angekündigte Unterstützung. Nach etlichen gemeinsamen Tuborg-Abenden hatten Ole und Andy sich darauf geeinigt, dass Andy spätestens im Frühjahr nach Dänemark kommen würde – so lange wollte Andy noch in Hannover bleiben. Heike hatte mit einer Mischung aus Begeisterung und Entsetzen zugehört – einerseits war es faszinierend mitzubekommen wie sich solche Dinge entwickelten – wenn man nicht wie sie den klassischen Weg einer Banklehre durchlaufen hatte – auf der anderen Seite bedeutete dieser Schritt ganz klar das Ende ihrer... ja was hatten sie eigentlich. Eine Beziehung war es natürlich nicht. Eine Affaire vielleicht, aber das klang zu gewöhnlich für dieses besondere Gefühl, was sie hatte. Was auch immer es war, es war in dem Moment vorbei, wenn Andy nach Dänemark gehen würde. Sie seufzte und schmiegte sich an ihn. Um sie herum war es ganz still, nur ein paar Grillen waren zu hören. „Du könntest mitkommen und mit im Laden arbeiten!"

Andy sagte es nur leise, aber sie fuhr erschrocken hoch.

„Mitkommen? Was ist mit meinem Job? Den Kindern? Und Jan?"

Sie biss sich auf die Lippen, das sollte eigentlich gar nicht so heftig herauskommen – eher hatte sie sich gewünscht ihn begleiten zu können und ihre Worte waren eine Art Vorwurf an das Schicksal gewesen.

Andy sah nachdenklich aus.

„Ich weiß, das wäre ein großer Schritt… aber Du könntest sie bestimmt zweimal im Monat sehen!"

Heike schüttelte den Kopf.

„Das könnte ich niemals übers Herz bringen, eher würde ich sie mitnehmen."

In Gedanken sah Heike Jonna und Mattis schon in einer dänischen Schule und sie alle zusammen mit Andy in einem kleinen roten Holzhaus in Küstennähe. Natur, Meer und die Verliebtheit. Ein Traum. Sie schüttelte den Gedanken ab und zwang sich realistisch zu sein.

„Ich glaube nicht, dass es funktionieren würde" sagte sie leise.

„Denk einfach darüber nach!"

Andy küsste ihr auf den Nacken.

„Du bist eine tolle Frau und ich möchte gerne mit Dir zusammen sein!"

Heike lief ein Schauer über den Rücken. Für diesen Mann würde sie alles tun.

Als Heike am Morgen im Wohnwagen erwachte, schlief Andy noch. Sie spürte seinen warmen Körper hinter sich und fühlte sich so lebendig und entspannt wie lange nicht mehr. Am liebsten wäre sie für immer so liegengeblieben, die Zeit sollte stehenbleiben. Die Morgensonne schien durch die kleinen von Wärme und Feuchtigkeit beschlagenen Fenster und glitzerte auf der Leine. Leise waren auch die Vögel zu hören. Alles war so friedlich, als gäbe es sie – die heile Welt. In dieser Nacht hatten sie zum ersten Mal miteinander geschlafen und es war zärtlich, leidenschaftlich und berauschend gewesen. Sie hatte so etwas noch nie erlebt. Erst spät in der Nacht waren sie eng umschlungen eingeschlafen. Sie konnte sich nicht vorstellen, dass sie jemals wieder ohne ihn sein würde. Jan war ihre Familie und Andy ihre Freiheit. Sie konnte und wollte beides und der Gedanke eines von beiden aufgeben zu müssen, erschien ihr so unerträglich, dass sie den Gedanken mit Gewalt verdrängte. Andy gab ein schläfriges Gemurmel von sich und schob seine Hand auf ihren Bauch, dann kreiste er mit dem Finger um ihren Bauchnabel. Wieder lief ihr ein Schauer über den Rücken.

„Hey" sie hielt seine Hand fest und drückte sie lachend „ich dachte Du schläfst noch!"

„Neben Dir kann ich nie schlafen, Du machst mich ganz verrückt" brummte Andy verschlafen „aber jetzt hab ich Hunger! Sollen wir frühstücken?"

Dazu kam es dann doch erst eine Dreiviertelstunde später – sie genossen die Nähe und Zärtlichkeit, sie hatten viel aufzuholen. Wenn es nach Heike gegangen wäre, hätte das Frühstück auch komplett ausfallen können, aber Andy meinte grinsend, er bräuchte nach der anstrengenden Nacht dringend eine Stärkung. Er kochte Kaffee auf dem Gaskocher und sah in den hereinfallenden Sonnenstrahlen mit nacktem Oberkörper in seiner abgewetzten Jeans so sexy aus, dass Heike das Gefühl hatte keinen Bissen herunter zu bekommen. Seit ihrem Kontakt hatte sie bereits vierzehn Kilo verloren und das ohne jegliche Mühen. Sie hatte Jan gesagt, dass sie am Vormittag zurückkäme und es war schon nach 10.00 Uhr. Seufzend packte sie ihren Rucksack. Am Nachmittag war der Geburtstag von Tanja, die ganze Familie würde da sein – der Gegensatz könnte nicht heftiger sein. Sie würde das schon hinbekommen und hatte Tanja, versprochen einen Mohnkuchen mitzubringen. Selbstgebacken natürlich.

Der Gedanke an Dänemark ließ Heike nicht los. Sie erledigte ihre täglichen Aufgaben routiniert, schmierte Schul- und Kitabrote, ging zur Arbeit und Gassi, erledigte sämtliche Einkäufe, Besorgungen, Arzttermine und Fahrdienste im Autopilot, unterhielt sich nebenbei sogar mit den anderen Müttern wie sie es immer tat zwischen Hausaufgaben und gesunden Frühstücken – aber innerlich rannte der Hamster in ihrem Gehirn auf Hochtouren in seinem Rad. Klitmøller, Dänemark, Klitmøller, Dänemark... sie zwang sich mühsam, realistisch zu bleiben. Was hieß denn auch realistisch? Vielleicht war das ihr Schicksal. Sie wäre nicht die Erste, die mit Kindern auswanderte! Ok, sie sprachen alle kein dänisch, eine Trennung von Jan wäre sowohl emotional als auch logistisch ein Supergau und alles was damit zusammenhing, konnte einen schon in Angst und Schrecken versetzen. Andererseits – warum sollte immer sie die Vernünftige sein? Sie hatte doch auch nur dieses eine Leben! Ihr Job in der Bank hatte dort natürlich keine Zukunft – welcher Däne wollte sich schon auf Deutsch über die Gepflogenheiten und Gesetze aus Deutschland beraten lassen. Aber da würde sich bestimmt eine Lösung finden lassen. Sie war einfach immer nur zu ängstlich! Sie dachte daran, wie es sich anfühlte mit Andy zusammen zu sein und ihr Herz machte erneut einen Hüpfer. Sie fühlte sich plötzlich wie die furchtlosen Auswanderer aus dem Fernsehen. Und sie hatte ein schlechtes Gewissen. Wie konnte sie all diese Dinge für Andy empfinden, während sie eigentlich glaubte, Jan zu lieben? Der jahrelange Alltag mit allen Höhen, Tiefen und offen gelassenen Zahnpastatuben hatte Spuren hinterlassen, der Zahn der Alltagszeit machte leider nicht vor Beziehungen halt. Aber sie liebte Jan dennoch, dessen war sie sich sicher. Verstehen konnte sie das alles trotzdem nicht.

Am kommenden Wochenende war ein Familienkurztrip nach Berlin geplant. Ein Besuch im Zoo, im Wachsfigurenkabinett, eine Fahrt auf der Spree, einmal durchs Brandenburger Tor laufen... das würde sicher eine schöne Auszeit werden. Heike beruhigte sich damit, dass es ja auch gute Momente in ihrer Ehe und Familie gab. Aber reichte das aus im Vergleich zu dem Gefühl, welches sie gemeinsam mit Andy hatte? Manchmal verfluchte sie insgeheim den Tag, an dem sie ihn kennengelernt hatte. So war so verdammt glücklich mit ihm, dass es alles so unglaublich schwer und kompliziert machte. Vorher war ihr Alltag wenigstens immer alles gleich gewesen. Nett, schön und unaufregend. Jetzt hatte sie mehr Abenteuer, als sie es jemals zu träumen gewagt hatte und das war Himmel und Hölle zugleich. Hätte ihr das jemand vor einem Jahr erzählt, hätte sie ihm einen Vogel gezeigt.

Am Tag vor der Abreise fluchte Heike vor sich hin – sie hatte sich einen Tag freigenommen für die Vorbereitungen, Jan war bei der Arbeit, die Kinder in Schule und Kita und sie stand zwischen vier großen leeren Reisetaschen in einem völlig verdreckten unaufgeräumten Haus. Die Kinderzimmer sahen aus wie nach einem Bombenangriff, die Küche genauso – der Hund wollte Gassi und gerade war sie in einen Legostein getreten – ihr war danach laut zu schreien – nur gebracht hätte es nichts. Sie wusste nicht, wo sie anfangen und wo sie aufhören sollte, wie sie es jemals schaffen sollte bis zum Abend zu packen, war todmüde, hatte Kopfschmerzen und der Vertreter der Bausparkasse hatte ihr heute zum dritten Mal neue Verträge geschickt, die bitte noch bis zum nächsten Werktag zurückgesandt werden sollten. Andy hatte ihr bereits gestern ein schönes Familien-Wochenende gewünscht und obwohl es sicher nur nett gemeint gewesen war, fühlte es sich schlecht an. Es fühlte sich an, als ob er absichtlich noch einmal darauf hinweisen wollte, wo ihr Platz im Leben war und dass dies für ihn überhaupt kein Problem war. Sie stolperte über Lotte.
„ACH SCHEISSE!"
Sie pfefferte Mattis´ schmutzige Jeans mit Wucht gegen seinen Schrank.
„Du blöder Köter, weg da!"

Lotte zog erschrocken den Schwanz ein, schaute schuldbewusst drein und lief nach unten. Jetzt hatte sie auch noch ein schlechtes Gewissen! Heike traten die Tränen in die Augen und sie setzte sich auf Mattis` Bett. Manchmal war alles einfach nur zu viel. Die täglichen Pflichten, die nie aufhörten. Das ständige Einerlei, welches niemals aufhörte und niemals danach fragte, wie man sich fühlte. Sie musste funktionieren ohne Schwäche zeigen zu dürfen – 24 Stunden täglich, 7 Tage die Woche. Eigene Bedürfnisse hatten sich in Luft aufzulösen und das hatten sie schon vor vielen Jahren getan. Erst durch Andy fing sie an sich daran zu erinnern, wie es sich anfühlte zu leben und sich lebendig zu fühlen. Und auch das war verboten. Sie rieb sich über Augenbrauen und Stirn und atmete tief durch. „Reiß dich zusammen" schalt sie sich selbst „ihr seid gesund und habt alles, was man sich nur wünschen kann!" Dieser Zwiespalt zwischen einerseits der Gewissheit im Leben viel Glück gehabt zu haben und andererseits diesem Gefühl, dass da irgendetwas anderes war, was sie gerne hätte, kostete noch zusätzlich Kraft.

Das Telefon klingelte – logisch – es klingelte immer, wenn sie im Obergeschoß oder auf der Toilette war. Augenblicklich bekam sie Herzrasen und eine

Hitzewallung vor Wut. Im letzten Moment erreichte sie den Hörer.

„Neumann!?"

„Kita Im Buchenhain, Schulze, guten Tag!"

Heike wurde schwindelig, bitte nicht das.

„Spreche ich mit Frau Neumann?"

„Das bin ich…"

Heike ahnte was kam.

„Frau Neumann, der Mattis hat sich gerade übergeben, ich würde Sie bitten, ihn abzuholen!"

In Heike krampfte sich alles zusammen. Packen, Hund, Geschirrspüler, Waschmaschine, kochen, aufräumen, Wäsche sortieren… und was, wenn er jetzt ernsthaft krank war? Ihr wurde übel und sie schloss kurz die Augen.

„Ja natürlich, ich bin gleich da!"

„Vielen Dank Frau Neumann, kommen sie in Ruhe, meine Kollegin ist bei ihm!"

Frau Schulze hatte aufgelegt. Jetzt konnte Heike nicht mehr anders, sie fing an zu schluchzen. Konnte denn heute nicht einfach irgendetwas funktionieren? Am Nachmittag hatte Jonna noch einen Ballettauftritt bei der Neueröffnung des Einkaufszentrums – da konnte sie auch nicht packen – und Jan hatte verkündet leider GAR NICHT helfen zu können, weil heute ein besonders wichtiger Auftrag abgeschlossen werden musste. Klar, besonders wichtig! Alles bei ihm war wichtig - das hatte sie auch schon bemerkt. „Dann fahren wir eben nicht nach Berlin" dachte sie wütend, während sie ihre Jacke überwarf und nach dem Autoschlüssel griff. „Mit kotzendem Kindergartenkind ist Urlaub ja auch eh kein Geschenk!" Gerade als sie aus dem Haus eilen wollte, piepte ihr Handy. Es war Andy. „Na meine Süße, wie vertreibst Du Dir heute so Deinen freien Tag?"

Als Heike am Abend erschlagen auf dem Sofa saß, fand sie endlich Zeit, Andy in Ruhe zu antworten – und das war auch gut so – hätte sie ihm gleich zurückgeschrieben, wäre ihr weiterer Kontakt vermutlich weniger romantisch von statten gegangen. Selbstverständlich hatte er keine Ahnung wie es sich anfühlte, einen Haushalt mit vier Personen zu managen, von denen noch dazu zwei Personen gar nicht an den anliegenden Pflichten beteiligt waren und auch die dritte Person aufgrund der Tatsache nur selten zuhause zu sein, entsprechend wenig erledigen konnte. Wenn man allein in einem 12 qm großen Wohnwagen mit zwei Tassen, zwei Tellern und einem Topf lebte und in den letzten Jahren noch dazu keiner festen Arbeit nachgegangen war, vermutlich auch schlicht unmöglich vorstellbar. Trotzdem war sie bei seiner Nachricht fast durch die Decke gegangen vor Wut. Inzwischen ging es ihr etwas besser, ihr Puls hatte wieder eine normale und gesunde Anzahl Schläge erreicht und sie war heilfroh, dass der Tag einfach nur zu Ende war. Jan und die Kinder hatten zusammen die Taschen gepackt, die Küche hatten sie gemeinsam aufgeräumt und die Wäscheberge einfach auf Montag verschoben. Auch Mattis hatte aufgehört zu kotzen. Alles war wieder gut, sie wollten gegen 10.00 Uhr am Morgen aufbrechen. Lotte hatten sie zu Tanja gebracht und nichts stand ihrer Fahrt mehr entgegen. Sie schrieb Andy „Hey Du, sorry, konnte mich nicht eher melden. Vermisse Dich! Gute Nacht und träum was Schönes! Kuss, Heike!" Dann ließ sie sich erschöpft aufs Sofa rutschen und fiel wie ein Stein in einen tiefen Schlaf.

Die Jugendherberge in Berlin war der absolute Glücksgriff gewesen – ganz modern und sauber und preislich ein super Angebot. Sie hatten ein Familienzimmer mit Frühstück gebucht und genossen die Zeit. Sie bummelten gerade bei sonnigen 25 Grad entspannt durch den Zoo, die Kinder waren friedlich und freuten sich über die Gehege und die Tiere, als Jan unvermittelt fragte „ist eigentlich alles in Ordnung? Du wirkst in letzter Zeit so abwesend!"
Heike durchfuhr es eiskalt und ein Schauer lief ihr über den Rücken. Sie zwang sich ruhig zu bleiben.
„Ja, wieso, was sollte denn sein?"

Automatisch dachte sie an Andy und in ihrem Innersten zog sich etwas zusammen. Jan sah sie mit einem kurzen Seitenblick an.

„Ich dachte nur… irgendwie bist Du anders – aber vielleicht auch nur, weil es im Moment alles etwas viel ist!"

„Ja, auf jeden Fall!" bekräftige Heike diese Vermutung. Das stimmte ja auch definitiv. Es war alles viel zu viel. Nicht nur ihr Kontakt zu Andy, der Gedanke an Dänemark, auch die alltäglichen Pflichten. Ihr wuchs alles über den Kopf. Plötzlich musste sie aufschluchzen, ohne es verhindern zu können. Jan drückte sie erschrocken an sich.

„Wir kriegen das schon alles hin!"

Heike konnte ihn nicht ansehen, so schämte sie sich.

„Hoffentlich!"

Das Wochenende in Berlin war schön gewesen. Natürlich kein Vergleich zu ihrer Zeit mit Andy, aber es war wohl auch unpassend diese Dinge vergleichen zu wollen. Heike hatte nach ihrer Rückkehr lange mit Sonja telefoniert, die ihr noch einmal gut zugeredet hatte, nichts zu überstürzen und einfach erst einmal abzuwarten. Sonja hatte sie noch einmal an ihre gemeinsame Geburtstagsparty an der Leine erinnert und zu bedenken gegeben, dass Andy nun einmal doch etliche Jahre jünger war als sie und einen komplett anderen Lebensstil hatte, von dem Heike noch gar nicht sicher wusste, ob sie diesen tatsächlich in ihrem Alltag leben wollen würde. Natürlich hatte Heike ihr vehement widersprochen und ihr erklärt, wie glücklich sie war, wenn sie mit Andy zusammen war und dass sie für ihn sprichwörtlich alles täte – dennoch hatte Sonja sie ein wenig auf den Boden der Tatsachen zurückgeholt und ohne das Heike es wollte, war sie sogar froh darüber. Das nächste Treffen mit Andy war in einer Woche geplant – dieses Mal allerdings nicht als romantisches Date zu zweit, sondern zuerst auf einer privaten Party eines seiner Freunde, später wollten sie zusammen zu einer großen Techno-Revival-Party in einer alten Flughafenhalle gehen.

Da sie so etwas noch nie mitgemacht hatte, war sie sehr gespannt. Mit ihren inzwischen 104 kg fühlte sie sich in Gegenwart der vielen jungen Leute noch immer sehr unsicher. Sie entschied sich daher für eine schwarze Jeans und ein etwas längeres, schwarz-graues Oberteil. Sie wusste, dass Andy ihre Rundungen nicht unattraktiv fand – das hatte er ihr selbst voraus. Aber sie war froh, dass sie auf einem guten Weg war. Sie war morgens extra noch beim Friseur gewesen und trug einen leicht stufigen dunkelbraun gefärbten Bob – jetzt stand sie vor dem Spiegel und begutachtete ihr Werk.
„Das sieht gut aus!"

Plötzlich stand Mattis neben ihr.

Sie beugte sich zum ihm.

„Danke, mein Schatz" sie küsste ihn auf die Wange und fühlte sich ein bisschen schuldig, dass es ihr manchmal nicht reichte, „nur Mutter" zu sein, wo ihr Kleiner doch so zuckersüß war.

„Gehst Du zur Geburtstagsfeier?"

Er strich vorsichtig mit seiner kleinen Hand über ihr Oberteil. Heike lächelte.

„Ja, so ähnlich!"

Sie drückte ihn an sich.

Als sie bei dem modernen Bungalow im Stadtteil Bemerode ankamen, traute Heike ihren Augen kaum – hier sollte die Geburtstagsparty von Andy`s Kumpel Benedikt stattfinden? Wo sie doch vor nicht allzu langer Zeit noch in der WG in der Nordstadt übernachtet hatten? Andy beobachtete belustigt ihren Blick.

„Tja, wer hat der hat, nicht? Gehört aber alles seinen Eltern."

Sie verzog das Gesicht und bemühte sich ganz entspannt zu bleiben. Aber irgendwie blieb das Gefühl, hier womöglich mal wieder nicht hin zu passen.

Dieses Gefühl bestätigte sich, kaum dass sie den eindrucksvollen Eingangsbereich hinter sich gelassen hatten. Allerdings nicht wegen der Einrichtung – es waren vielmehr die Geburtstagsgäste selbst, zu denen sie nicht passte. Die Gäste nicht zu Heike oder Heike nicht zu den Gästen – sie hatte augenblicklich wieder dieses „kleine graue Maus" - Gefühl, was sie immer hatte, wenn sie sich einer Situation nicht gewachsen fühlte. Das ganze Haus war mit leuchtenden abstrakten Neon-Figuren und Stringart-Wandbildern aus Neonwolle dekoriert, die im Schwarzlicht leuchteten – durch alle Räume wummerte ein durchdringender Techno-Bass. Heike konnte es nicht glauben – von außen wirkte das Haus so seriös wie alle anderen – und kaum hatte man die Haustür durchschritten, war man in einer völlig anderen Welt. Einer irritierenden Welt, zumindest für ihren Geschmack. Die Musik fand Heike gar nicht schlecht, nur ungewohnt – was nicht passte, war die Tatsache, dass schon wieder überall gekifft wurde und Heike zudem das Gefühl hatte, dass die Partygäste auch noch andere Drogen nahmen. Sie fühlte sich neben Andy, der sich der Runde an der Wasserpfeife angeschlossen hatte, als einzige nüchterne Person sehr fehl am Platze. Sie sprach Andy darauf an.

„Mach Dir keine Sorgen, die wissen, was sie tun!"
Er küsste sie zärtlich auf den Mund, was ihr durch und durch ging und für einen Moment lang alle Bedenken in Luft auflöste. Sie überlegte, sich einen kleinen

Schwips anzutrinken, um sich nicht mehr so viele Gedanken zu machen. Leider gab es im ganzen Haus keinen Tropfen Alkohol. Benedikt starrte sie in einer Mischung aus Fassungslosigkeit und Verständnislosigkeit an und betrachtete sie, als ob sie nach einem Mondflug gefragt hätte.

„Du willst echt auf Alkohol breit sein!??"

Heike starrte ihn nun ihrerseits mit offenem Mund an – das hatte sie auch noch nie gehört.

„Äh, jaaa?" antwortete sie irritiert. So langsam wusste sie gar nicht mehr, was sie wollte. Sie fanden schließlich eine Flasche Wodka, aus der bereits die Hälfte fehlte – aber es gab weder Cola noch andere Getränke, mit denen sie ihn hätte mischen können. Unfassbar. Sie holte sich schließlich ein Glas Leitungswasser und kippte einen Schuss Wodka hinein. Es schmeckte erbärmlich und Heike verstand nun, warum Benedikt sie für „nicht ganz normal" hielt – jemand, der als Partydrink Wodka mit Leitungswasser trank, konnte wirklich nicht ganz normal sein.

Gegen Ein Uhr in der Nacht, als sie schon seit längerer Zeit im Wohnzimmer mit einigen von Andy`s Freunden gesessen und Blödsinn erzählt hatten, fragte Heike, ob sie nicht langsam los wollten zu der Party. Er schüttelte amüsiert den Kopf „viel zu früh!"

So viel Wodka hatte sie nun doch noch nicht getrunken.

„Es ist bald halb zwei, was ist daran zu früh?"

Er knuffte sie liebevoll in die Taille und küsste sie.

„Zu früh! Wir gehen nie vor zwei Uhr los!"

Heike verstand langsam die Welt nicht mehr – das war doch alles nicht normal! Zum Glück fühlte sie sich topfit und hellwach – sie würde einfach abwarten, was der Abend noch brachte. Aber sie hatte schon jetzt den Eindruck, dass dies ihre erste und letzte Party dieser Art gewesen war. Leider. Zum Glück.

Gegen zehn Uhr kamen sie endlich zurück und Heike fiel erschöpft auf die Matratze im Wohnwagen. Die Party war unglaublich gewesen. Riesige Hallen, die ineinander übergingen, verschiedene Bühnen, wahnsinnige Musik - das alles wie ein gigantischer Rausch. In ihr drehte sich noch immer alles, was nicht nur am Alkohol lag. Was jedoch seltsam gewesen war, war die Tatsache, dass die Gruppe, zu der Andy und sie gehört hatten, sich vor Ort sofort aufgelöst hatte. Sie kannte es von früher so, dass man – wenn man gemeinsam eine Disco besucht hatte – dort gemeinsam auf der Tanzfläche war. Mit Andys Kumpels war es völlig anders gewesen – jeder war auf sich allein gestellt, jeder lief allein von Halle zu Halle, niemand unterhielt sich, alle waren nur eins mit der Musik – und in den meisten Fällen den

Drogen. So etwas hatte Heike noch nie erlebt und es hatte sich seltsam angefühlt. Die Atmosphäre hatte sie mitgerissen und sie hatte sich in der Musik gefühlt, als könnte sie fliegen – andererseits war ihr dennoch immer wieder aufgefallen, dass sie völlig allein war – niemand war bei ihr – auch nicht Andy. Sie wusste nicht warum, aber das schien normal zu sein. Man wusste zwar, dass man nicht allein dort war, war aber trotzdem jeder für sich. Verstehen konnte sie das nicht. Ab und zu waren ihr Andy, Timo oder auch Tina oder Benedikt über den Weg gelaufen, aber sie waren jeder für sich geblieben. Seltsam. Ihr Gehirn drehte sich wie ein Kreisel und sie dämmerte langsam weg – sie würde Andy morgen fragen, jetzt musste sie dringend schlafen.

Das Klingeln ihres Handys weckte sie gegen fünfzehn Uhr, es war Sabine. Völlig erledigt drückte Heike auf on.
„Hey Süße!"
Sabine klang im Gegensatz zu ihr hellwach und völlig klar.
„Ich hoffe Du bist fit? Ich habe Jan gesagt, dass wir noch einen Kaffee trinken gehen und Du dann kommst, klar??"
Heike versuchte ihr Gedanken zu entwirren. Jan, Kaffee, fit… was sollte sie – ach Scheiße! Sie war ja verheiratet und hatte zwei Kinder! Ihr Gehirn sprang

wie mit einem Knall an – es war Sonntagnachmittag und sie konnte unmöglich noch länger hier rumliegen! Scheiße, scheiße, scheiße, war sie eigentlich bescheuert? Hinter sich sah sie Andy liegen, der noch tief zu schlafen schien.

„Danke Sabine, ich sehe zu, bald los zu kommen, ich schreibe Dir!"

Sie lief in Unterwäsche leise rüber zum Schlafplatz, um sich anzuziehen – Andy legte den Arm um ihre Hüfte und zog sie an sich.

„Hiergeblieben" murmelte er schlaftrunken, „du musst noch nicht los".

Ein wohliger Schauer lief über ihren Rücken bei der Berührung und sie hätte die Zeit jetzt gerne noch anders genutzt – aber es half nichts – sie war nicht nur sie selbst.

Sie küsste ihn auf die Wange.

„Ich schreibe Dir nachher!"

Sie zog sich so schnell wie möglich an und huschte aus dem Wohnwagen.

Die Party hing Heike noch lange nach. Ganz abgesehen von der körperlichen Erschöpfung durch den Schlafmangel – bis morgens um zehn Uhr feiern, um den restlichen Tag zwischen streitenden Geschwistern, diversen Ladungen Wäsche und dem sonstigen Haushalt zu verbringen, forderte einem schon einiges ab. Sie hatte sich gefragt, ob es vielleicht doch am Alter lag oder ob sich eine 25jährige bei dem Programm genauso ausgekotzt gefühlt hätte wie sie. Abgesehen davon war der Gedanke müßig, denn schlauerweise hatte man diese Situation mit fünfundzwanzig einfach noch nicht. Dazu kam, dass sie sich zunehmend mehr Gedanken um alles machte. Wie sollte das jemals alles funktionieren und weitergehen. Es war doch immer wieder faszinierend, welche Probleme einem beim Grübeln einfielen.

„Fährst Du mit mir nach Dänemark?"
Sonja riss Heike aus ihren Gedanken.
„Komm schon, nur eine Woche – Du hast doch noch Urlaub und Jan kann im Homeoffice arbeiten und bei den Kindern bleiben!"
Heike sah ihre Freundin verblüfft an. Sie saßen gemeinsam am Strand vom Silbersee in Langenhagen und hatten über Gott und die Welt gequatscht – über Beziehungen im Allgemeinen und Besonderen und ganz Speziellen und Heike war heilfroh eine Freundinnen wie Sonja und Sabine zu haben, die sie nicht für ihre Gefühle verurteilten.
„Ich weiß doch ganz genau, dass Du da hinwillst!"
Heike fühlte sich ertappt. Andy hatte ihr vor ein paar Tagen erzählt, dass er Anfang Juli noch einmal nach Klitmøller fahren wollte, um die letzten organisatorischen Dinge zu klären – und Heike`s

erster Impuls war gewesen sofort mitzufahren, dann hatte sie ihm erklärt, dass dies wegen ihrer Kinder nicht möglich sein würde. Ein aufgeregtes Kribbeln fuhr durch ihren Magen.

„Ist das dein Ernst? Und wo wohnen wir?"

Sonja leerte den Rest der Chipstüte direkt in ihrem Mund aus, kaute und hob prostend ihren Prosecco.

„Dein Andy bucht uns ein Ferienhaus!"

Heike vergrub mit einem seufzenden Lächeln ihr Gesicht in den Händen.

„Oh Mann, was würde ich nur ohne Dich tun!"

Jan war zwar etwas erstaunt, dass die beiden Frauen plötzlich eine Woche Urlaub in Dänemark machen wollten, erklärte sich aber gerne bereit bei den Kindern zu bleiben. Heike hatte ein schlechtes Gewissen, aber sie beruhigte sich damit, dass sie ja tatsächlich mit Sonja nach Dänemark fahren würde – was konnte sie schon dafür, dass dort zufällig auch ein Mann sein würde, den sie flüchtig kannte. Ähm ja, nicht ganz flüchtig vielleicht – aber ja auch nicht richtig gut. Und überhaupt. Sie verbat sich jeden weiteren Gedanken. Es musste sein! Vielleicht war das die Chance ihres Lebens.

Juli

*Freiheit besteht vor allem darin, das zu tun, was
man nach seinem Gewissen tun soll
(Albert Schweitzer)*

Die Zeit bis zur Abreise verging schnell, Heike konnte
es noch gar nicht so richtig glauben. Und so langsam
wurde ihr bewusst, dass sie tatsächlich eine Woche
von ihren Kindern getrennt sein würde. Was ihr erst
so verlockend vorgekommen war, sah sie plötzlich
auch mit einer gewissen Traurigkeit. Sie wollte
eigentlich gar nicht ohne die Kinder weg. Mattis
stand auf der Treppe im Flur und schniefte.
„Wann kommst Du dann wieder?"
Heike hatte plötzlich das Gefühl gleich loszuheulen
und konnte nicht antworten. Zum Glück war Sonja
schon da und übernahm.
„Wir sind nur ein paar Tage weg, dann ist Mami
wieder da! Nur fünf Mal Yakari gucken!"
Bei   der   Erwähnung   von   Mattis´
Lieblingszeichentrickserie mit dem kleinen Indianer
hellte sich seine Miene auf.
„Mami, wenn Du länger wegbleibst, kann ich dann
mehr Yakari gucken?"
Er strahlte bei dem Gedanken. Heike und Sonja
lachten.

„Na klar!"

„Dann kannst Du 50 Wochen fahren!"

Heike verabschiedete sich von den Kindern und Jan und die Freundinnen fuhren los gen Norden.

Andy erwartete sie bei strahlendem Sonnenschein vor Ole`s Surfshop.

„Hey, schön, dass ihr da seid!"

Er zog Heike an sich und küsste sie, dann sah er ihr tief in die Augen.

„Alles in Ordnung?"

Heike nickte stumm, der Abschied von den Kindern lag ihr noch immer im Magen, aber das würde hoffentlich bald besser. Sie war glücklich, Andy zu sehen. Er löste sich von ihr, um Sonja zur Begrüßung zu umarmen.

„Hallo Sonja, freut mich, dass ihr zusammen hier seid!"

Sonja freute sich ebenfalls sehr – sie hatte sich vorgenommen einen Surf-Schnupperkurs zu machen und sah sich aufgeregt in der Umgebung um.

„Das ist ja echt cool hier!"

Andy lachte und deutete auf Ole hinter sich im Laden.

„Bisher alles sein Verdienst, aber ich arbeite daran!"

Ole winkte ihnen lässig von Weitem zu. Er saß im Shop an einem breiten Tisch, an dem er gerade mit einem Kunden Cappucchino trank und quatschte. Alles war im shabby chic Stil – wie es sich für einen

Surfshop gehört, fand Heike. Andy folgte ihrem Blick.
„Habt Ihr Lust auf Kaffee?"
Das war genau das, was man nach einer achtstündigen Autofahrt brauchen konnte. Erschöpft und aufgeregt folgten sie ihm in den Shop.

Sonja ging mit Begeisterung zum Surfkurs – inzwischen nicht nur wegen des Surfens, sondern weil Ole ihn höchstpersönlich gab und sie ihn als ihren Urlaubsflirt auserwählt hatte, wie Heike amüsiert feststellte. Sie selbst war so entspannt wie seit Langem nicht mehr. Sie konnte Andy täglich sehen, fast ohne schlechtes Gewissen. Ihr echtes Leben war weit weg, niemand konnte sie sehen und es war ein bisschen so, als ob das eine gar nichts mit dem anderen zu tun hatte. Hatte es ja auch nicht, sie bezweifelte nur, dass Jan das auch so sehen würde. Daher war es hier und jetzt gut, wie es war. Abends hatten Andy und sie das kleine Ferienhaus in der Nähe des Strandes meist für sich allein, da Sonja es vorzog, ihre Abende und Nächte bei Ole zu verbringen. Schnell war die Hälfte der Zeit vergangen. Am Mittwochabend kehrten Heike und Andy wie an den Abenden zuvor von einem langen Tag am Strand zurück. Heike ließ sich mit Schwung auf die hellgraue gemütliche Couch fallen.
„Ich bleibe hier!"

Sie seufzte glücklich und sah zu Andy auf, der sie fragend anschaute. Sie lächelte.

„Am liebsten würde ich für immer bleiben - aber Du weißt, dass das nicht geht!"

Andy tippte mit dem Zeigefinger über seine Oberlippe und hob die Augenbrauen.

„GEHEN tut es schon! Du musst nur wissen, was Du willst!"

Heike schloss die Augen und legte den Kopf ab.

„Ja, das weiß ich…".

Sie spürte, wie Andy neben ihr auf der Couch Platz nahm, dann schob er seine Hand vorsichtig und voll Verlangen über ihren Bauch. Sie erschauerte, so gut fühlte es sich an. Trotzdem war sie auch nach so vielen Wochen gemeinsam neben seiner perfekten Figur verunsichert. Sie hielt seine Hand fest, obwohl sie es eigentlich gar nicht wollte. Als ob sie ihn vor sich selbst schützen wollte.

„Lass uns duschen gehen" schlug Andy mit einem Blick vor, der keine Fragen offenließ.

Heike sah ihn irritiert an. Das wollte er nicht wirklich tun. Als hätte er ihre Gedanken erraten, beugte er sich vor und gab ihr einen langen Kuss.

„Ich bin verrückt nach Dir, hör sofort auf zu denken!"

Heike konnte es nicht fassen, das war kein Kitschroman, das war die Realität! Sie ließ sich von Andy zur Dusche ziehen und von da an dachte sie überhaupt nicht mehr.

Eine lange Stunde später, standen beide frisch geduscht und glücklich zusammen in der offenen Küche und kochten. Ganz ordinäre Spaghetti Napoli mit frischen Zutaten und Salat, aber Heike kam es vor wie ein Festmahl. Im Haus roch es lecker nach einer Mischung aus Meeresluft und Knoblauch. Sie hatte den tollsten Mann der Welt an ihrer Seite, den besten Sex ihres Lebens und auch nach der gemeinsamen Dusche war die Stimmung zwischen ihnen weiterhin so voller Spannung, dass sie den Rest des Abends kaum erwarten konnte. Sie lachten und machten Quatsch und Heike spürte die Anspannung der letzten Jahre von sich abfallen. Draußen ging langsam die Sonne unter. Mit den Kindern hatte sie vereinbart, dass sie nur jeden zweiten Abend telefonierten, so dass sie heute Abend kein Telefonat mehr hatte.

„Hast Du Lust morgen mit mir nach Skagen zu fahren? Das ist der nördlichste Punkt Dänemarks und hat den größten Fischereihafen. Und natürlich super Strände! An der Sandbank Grenen treffen Nord- und Ostsee aufeinander, Skagerrak und Kattegat!"

Heike sah wie seine Augen zu leuchten begannen vor Begeisterung. Sie legte ihm zärtlich die Arme um den Hals und flüsterte „mit Dir gehe auch ans Ende von Dänemark!"

Die Fahrt von Klitmøller nach Skagen dauerte nur 2,5 Stunden. Da Heike insgesamt nur eine Woche in Dänemark war, reichte ihr die Strecke trotzdem vorerst. Andy war voll in seinem Element. Man merkte ihm an, dass dies seine neue Heimat war. Es war undenkbar, dass er einfach inmitten einer deutschen Großstadt versauerte. Den Gedanken, dass sie nur zwei Möglichkeiten hatte – ihm zu folgen und die Kinder aus ihrer gewohnten Umgebung zu reißen oder ihn nie wiederzusehen – verdrängte sie vorerst. Sie bekam nur Frust und schlechte Laune davon. Sie liefen Hand in Hand auf der Sandbank, soweit es ging, bestaunten das Aufeinandertreffen der Meere, picknickten an einem einsamen Strand und saßen lange im Sonnenuntergang. Die Luft war noch warm und roch nach Meer und Sommer, der Sand war unglaublich weich. Heike konnte es kaum begreifen, dass sie dies alles wirklich gerade erlebte. Wann hatte sie sich zuletzt so frei gefühlt? Andy hielt sie in seinen Armen und hatte seinen Kopf auf ihrer Schulter abgelegt. Er küsste sie zärtlich auf den Hals, so dass Heike ein Schauer den Rücken herunterlief. „Ich lasse Dich hier nicht mehr weg... ich liebe Dich!" Sie drehte den Kopf zu ihm und küsste ihn, dann lächelte sie ihn schweigend an.

Als die Sonne untergegangen war, wurde es schnell kalt und sie brachen auf. Nach einer halben Stunde Fahrt vibrierte Heike`s Handy mehrfach. Sechs

Whatsapp von Jan. Ihr lief wieder ein Schauer über den Rücken, dieses Mal aber vor Schreck. War etwas passiert zuhause? Und scheiße, ja, das Telefonat mit den Kindern! Sie hatte bis eben kein Netz gehabt! 22.30 Uhr! Scheiße, scheiße, scheiße! Sie fühlte sich wie die schlimmste Rabenmutter der Welt, während sie Jan`s Handynummer wählte. Das Telefon klingelte, aber niemand ging dran. Nochmal scheiße. Sie schluchzte kurz auf vor Enttäuschung und Wut auf sich selbst. Andy legte ihr eine Hand aufs Bein und flüsterte beruhigend „Hey, das kommt schon alles in Ordnung!"

In dem Moment nahm Jan den Anruf entgegen.

„Na, Uhr kaputt?" begrüßte er sie unfreundlich. Heike holte Luft und blickte auf die Straße vor ihnen in der Dämmerung. Von dieser traumhaften nordischen Landschaft umgeben. Sie atmete tief durch und hoffte inständig, dass sie nun nicht die Standpauke ihres Lebens bekommen würde – zumal sie sie verdient hatte.

„Hey Jan, tut mir leid, wir waren heute in Skagen und ich hatte kein Netz!"

Sie zuckte zusammen, sie hatte „wir" gesagt. Das war auch Jan aufgefallen, es schien ihn aber nicht besonders zu irritieren.

„Ja, Sonja hatte schon geschrieben, dass es später werden kann – ich habe mit den Kindern einen Film geschaut, um zu warten – aber sie sind beide dabei eingeschlafen! Tut mir leid!"

Heike fiel ein Felsbrocken herunter – ihr Herz raste.

„Oh, ok… äh ja… kein Problem! Ich hoffe es war nicht so schlimm für die Kinder?"

„Nein, alles gut! Sie waren eher besorgt, ob Marlin Nemo aus Australien zurückholen kann!"

Heike atmete erleichtert auf und schloss lächelnd die Augen-

„Danke, da bin ich beruhigt! Dann grüß sie morgen früh ganz lieb von mir, ich melde mich abends!"

„Alles klar, dann schlaft mal gut, hab Dich lieb, gute Nacht!"

„Du auch, bis morgen!" erwiderte Heike verlegen und legte auf.

„Na siehst Du, alles in Ordnung!"

Andy sah mit einem undurchdringlichen Blick in Fahrtrichtung. Heike mochte nicht denken, es war alles zu viel. Sie legte Andy eine Hand auf den Oberschenkel und lehnte sich erschöpft im Sitz zurück und schloss die Augen. Warum war alles so kompliziert.

Am Freitag war in Klitmøller Strandparty. Heike und Sonja durchstöberten den Spar-Markt auf der Suche nach Knabberkram und Bier. Da das Wetter traumhaft war, zogen sie schon zwei Stunden vor Beginn der Party zu Strand, um zu quatschen. Ole und

Andy hatten noch einiges im Shop zu tun und sie hatten sie noch genug Zeit ohne neugierige Ohren.

„Ole ist sooo süß" schwärmte Sonja „aber bei einer gewissen Sache ist noch Luft nach oben."

Sie kicherte und hob prostend ihre Bierdose. Heike schüttelte lachend den Kopf.

„Sei nicht gemein, ihr kennt Euch ja auch noch gar nicht richtig!"

Sonja schluckte das schäumende Bier runter und schüttelte heftig den Kopf.

„Nee, das nicht, aber trotz allem hab ich das Gefühl, das wäre nicht das Richtige. Naja, ich bin ja auch nicht auf der Suche!"

Sie sah aufs Meer und vergrub ihre Füße im Sand. Ganz hinten am Horizont fuhr ein blauer Muschelfänger entlang. Heike folgte ihrem Blick.

„Tja, siehst Du – bei mir ist es umgekehrt – es fühlt sich richtig an, aber leider bei beiden!"

„Weißt Du schon, was Du machen wirst?"

Sonja sah sie ernst an.

„Ich kann doch nicht einfach alles stehen und liegen lassen und mit den Kindern nach Dänemark ziehen!"

Heike sah Sonja verzweifelt an.

„Du könntest schon, wenn Du es wirklich wollen würdest...!"

Sonja sah sie mitfühlend an.

„Aber ich weiß, was Du meinst!"

„Und dann bitte ich Andy, abends Gute-Nacht-Geschichten zu lesen und den Müll rauszubringen… und bin genervt, weil er mehr Zeit im Surfshop verbringt als bei uns?"

Sonja leerte ihre Bierdose.

„Kann gut sein!"

Sie beschlossen, sich den Abend nicht durch frustrierende Überlegungen zu verderben, die zu keiner Erkenntnis führten.

Nach ihrer Rückkehr aus Dänemark fiel Heike tief. Zum einen plagte sie, Jan gegenüber, das schlechte Gewissen. Sie dachte darüber nach, ob sie ihm die Wahrheit sagen sollte – aber was hätte sie damit gewonnen? Er würde sich unglücklich fühlen und an ihren Gefühlen zu ihm zweifeln, während sie selbst zwar einerseits sehr verliebt war in Andy, Jan aber dennoch auf eine andere – vertrautere – Weise liebte. Ihr wurde immer bewusster, dass sie ihr Leben in Deutschland nicht einfach so verlassen konnte oder wollte. Dennoch vermisste sie Andy so unglaublich, dass sie es kaum beschreiben konnte. Sie hatte kaum Appetit, konnte sich schlecht auf Alltägliches konzentrieren und verlor sich immer mehr in Tagträumen. Selbst beim Treffen von *ZFM* hatte sie nicht mitbekommen, dass sie aufgrund ihrer tollen Abnahme schon wieder gelobt worden war und die Leiterin sie erfreut vor der Gruppe fragte, ob sie vielleicht ein paar Tipps für ihre Mitstreiter hätte. Sabine hatte sie angestupst und sie hatte abwesend etwas von besonderen Lebensumständen und besonderer Motivation gestottert, während sie rot angelaufen war und sich nun sicher war, dass auf Ihrer Stirn „die mit nem 28jährigen schläft" stand. Der mit dem Wolf tanzt... sie hatte keine Ahnung, wie ihr Leben jemals wieder normal werden sollte.

Ende Juli war es soweit – der Familienurlaub nach Bayern stand an – dieses Jahr fuhren sie an den Tegernsee. Eigentlich wollte Heike gar nicht weg von Andy und Hannover, andererseits war sie inzwischen derart durcheinander, was sie überhaupt wollte, dass sie auch froh war, eine kurze Auszeit zu haben. Sie freute sich auf die Berge und das leckere Essen – auch wenn sie sich fest vorgenommen hatte, standhaft im Programm zu bleiben. Nun hatte sie schon so viel erreicht, das wollte sie keinesfalls riskieren. Vielleicht würde sie sich sogar ein Dirndl kaufen können – für Jonna wollte sie auf jeden Fall eins erstehen. Lotte sprang aufgeregt im Garten herum und konnte es augenscheinlich kaum abwarten, dass es endlich losging. Heike musste lächeln. Hund müsste man sein und das Leben wäre ganz einfach und schön. Mit Andy hatte sie vereinbart, dass nur sie sich melden würde, wenn es passte – sie hoffte innerlich, dass sich das Chaos in ihrem Kopf endlich etwas lichten würde.

Nach einigen Tagen in Rottach-Egern setzte so langsam die Entspannung ein. Heike vermisste Andy weniger als befürchtet, weil sie einfach nur froh war, dass alles einmal seinen geregelten Gang ging. Kein schlechtes Gewissen, keine Heimlichkeiten. Auch Jan schien sich gut zu erholen, auch er war in den letzten Wochen sehr angespannt gewesen. Sie saßen auf dem Balkon ihres Ferienhauses, während die Kinder unten auf der Wiese Federball spielten – oder es zumindest versuchten – und schauten auf die Berge im Hintergrund. Heike hatte sich einen großen Milchkaffee gemacht - die Milch konnte man sich hier in landliebemäßigen Glasflaschen bringen lassen – und freute sich über die große schöne geblümte hochwertige Milchkaffeetasse. Verrückt, dachte sie, ich freue mich über Sonne, Berge und eine Tasse. Aber es war trotzdem so. Ihr Leben war in den letzten Wochen beinahe schon zu aufregend gewesen. Da war einfach nur Kaffeetrinken vor traumhafter Kulisse eine schöne Erholung.
„Wie wärs mit einem Ausflug auf den Wallberg heute?"
Jan saß ebenfalls versonnen mit seinem Kaffee da und faltete die Zeitung zusammen. Heike hatte einen ähnlichen Gedanken gehabt.

„Hochwandern?" fragte sich mit hochgezogenen Augenbrauen. Sie war durch ihre Abnahme inzwischen viel fitter, aber der Wallberg war immerhin auch 1722 m hoch.
Jan grinste „das erklär mal Deinen Kindern!"
Heike nahm einen Schluck Milchkaffee und seufzte.
„Ok, war nur ein Witz!"
Sie rief nach den Kindern.
„Kinder, wie wärs, wenn wir heute mit der Gondel auf einen Berg fahren?"
Jonna und Mattis jubelten und warfen die Federballschläger weg – sie trafen ohnehin kaum einen Ball.

Zwei Stunden später standen sie in der Warteschlange der Gondel und so langsam wurde Mattis still. Heike spürte, dass etwas nicht in Ordnung war – er rückte immer näher an sie heran und sagte gar nichts mehr.
„Hey Schatz, alles in Ordnung?"
Mattis fing an zu weinen.
„Ich will nicht damit fahren!!"
Jonna beruhigte ihren Bruder, dass die Gondel wirklich völlig ungefährlich war und gar nichts passieren könne, aber er ließ sich nicht überzeugen.
„Keine Angst, wir passen ganz doll auf!"
Heike nahm ihn in den Arm und gab Jan Lotte`s Leine.
„Es dauert auch gar nichts so lange! Du wirst sehen,

es ist toll! Und weißt Du was, oben gibt es ein Restaurant, da kannst Du eine heiße Schokolade haben!"

Mattis drehte sein Gesicht etwas von ihrem Bauch weg und schluchzte.

„Auch Cola?"

Jonna strahlte ihn an „Cola! Und Almdudler!!"

Jetzt sah Mattis nicht nur erfreut aus, sondern auch verwirrt.

„Was ist Alm-Dudeler?" fragte er schließlich verdutzt.

Heike musste lachen.

„Das zeigen wir dir später".

Da hielt auch schon die Gondel neben ihnen. Zum Glück passten sie alle in eine Gondel, inklusive Lotte, die ihrerseits etwas skeptisch zu sein schien, ob es eine gute Idee war, in eine kleine baumelnde Blechdose zu klettern, aber sie stieg tapfer und tief geduckt schleichend ein. Ihre Familie würde schon wissen, was sie tat.

Der Tag auf dem Wallberg war sehr schön und Heike hatte ihn in vollen Zügen genossen. Sie hatten einen kleinen Spaziergang zur Kapelle gemacht, ausgiebig die Aussicht bestaunt und auf der Terrasse des Restaurants gegessen mit traumhafter Aussicht. Zurück in der Ferienwohnung wollte sie es sich gerade mit ihrem Buch auf dem Sofa gemütlich machen, da vibrierte ihr Handy.

„Hey Süße, wie geht's Dir? Heute Abend ist Strandparty!"

Heike`s Herz machte einen Hüpfer und zum ersten Mal wusste sie nicht, ob vor Freude oder vor Schreck. Konnte sie nicht einmal im Leben in Ruhe schöne Zeiten genießen, ohne dass schon wieder irgendetwas passierte, was die Ruhe störte? Sicher, sie hatte eine tolle Zeit mit Andy, war verliebt über beide Ohren, hatte so viel und so guten Sex wie seit Jahren nicht mehr und war in seiner Gegenwart sehr glücklich – aber jetzt gerade in dieser Sekunde, passte es leider so überhaupt nicht! Sie fühlte sich in ihrem schönen gemütlichen und schönen Familienurlaub gestört. Sie atmete tief ein und aus und überlegte, was sie schreiben sollte. Eigentlich war es schön, dass er sich meldete. Strandparty. Sie konnte sich gut vorstellen, wie das ablief – lauter junge Menschen, viel Musik, Drogen und Alkohol, Party und Sex am Strand. Schön. So ähnlich wie bei ihr gerade. Ehemann, zwei Kinder, touristischer Familienausflug, Kaiserschmarrn und Käsespätzle. Irgendwas passte da nicht. Sie wusste nur noch nicht was, denn dieses unaufregende Familienleben war ja genau das, was ihr noch vor einigen Monaten einfach nur auf die Nerven gegangen war. Jetzt fühlte sie sich eher gestresst, von dem Gedanken, diese Gemütlichkeit gegen ein Partyleben eintauschen zu müssen. Aber halt, stop, das musste sie doch auch gar nicht. Oder? Sie antwortete kurz „hi, wir waren heute auf dem Wallberg, die Aussicht war genial!" Aber die Nachricht wurde nicht zugestellt, Andy`s Handy war schon aus.

Sie verbrachten zwei schöne harmonische Wochen am Tegernsee, unternahmen diverse Ausflüge und Wanderungen, unter anderem auf die Neureuth und zur Bäckeralm, gingen Essen im Bräustüberl in Tegernsee, fuhren mit dem Boot und besuchten auch das Karwendelgebirge in Österreich mit den eindrucksvollen Felsen. Sie hatte es sogar geschafft, sich für teures Geld ein richtig schönes Dirndl zu kaufen und sie hatten vor den Bergen schöne Fotos gemacht. Ein rundum gelungener Urlaub – und eigentlich wollte sie gar nicht mehr nach Hause. Sie hatte sich überlegt, dass es vielleicht doch das Beste war, wenn sie die Sache mit Andy beendete. Die Sache. Blöder Gedanke – das mit Ihnen war doch viel mehr als eine Sache. Aber es hatte doch alles überhaupt keinen Sinn. Er war zu jung, zu unreif, nicht der Vater ihrer Kinder und konnte ihr ein ähnliches Leben wie das, was sie jetzt hatte, überhaupt nicht bieten. Und was war mit ihrer eigenen Arbeit? Würde sie zu Andy nach Dänemark gehen, müsste sie dort die einfachsten Jobs übernehmen, weil sie die Sprache gar nicht sprach. War es das wert, diesen Mann an ihrer Seite zu haben? Sie dachte an den Herbst und wie es dann wohl Weihnachten wäre. Weihnachten in Dänemark mit den Kindern und ohne Jan. Hätte Andy überhaupt einen Weihnachtsbaum? In dem kleinen Zimmer, in dem er zurzeit bei Ole lebte, wohl kaum. Zum ersten Mal kam ihr die Option gar nicht mehr verlockend vor. Andererseits hatten andere Frauen den Schritt auch gewagt, hatten ihre Ehemänner verlassen und dann ein völlig neues glückliches Leben gestartet. Nicht unbedingt in einem anderen Land, aber trotzdem. Im Geiste sah sie sich bereits auf dem Cover eines Buches „Wie ich im Norden das Glück fand". Sie musste gegen ihren Willen grinsen, aber eigentlich war ihr nicht zum Lachen zumute. Sie würde es abwarten müssen.

August

*Betrachte einmal die Dinge von einer anderen Seite
als Du sie bisher sahst, denn das heißt, ein neues
Leben beginnen
(Marc Aurel)*

Kaum zurück aus dem Urlaub, ließ der Alltag nicht lange auf sich warten. Mattis` Einschulung stand bevor, hierfür musste Heike noch verschiedene Dinge vorbereiten. Auch für Jonna`s Schule fehlten noch Bücher und Arbeitshefte, diverse Unterlagen, Hefte und Stifte. Bei Mattis` Feier wollten sie zuhause grillen. Zum Glück stimmte das Wetter. Sie hatte Andy jetzt drei Wochen nicht gesehen und vermisste ihn inzwischen doch sehr. Während sie anfing, den Geschirrspüler auszuräumen, rief sie bei ihm an. Nach nur zweimaligem Klingeln hob er ab.
„Hallo meine Sonne!"
Heike musste lächeln, es fühlte sich noch immer so gut an seine Stimme zu hören.
„Wann besuchst Du mich?"
Heike überlegte kurz. In einer Woche war schon die Einschulung, noch eine Woche später wäre viel zu lang hin. Sie war sich allerdings unsicher, mit welcher Ausrede sie sich diesen Samstag schon wieder loseisen sollte. In dem Moment klingelte es an der

Tür und Lotte`s durchdringendes Kläffen ließ sie zusammenschrecken.

„Oh sorry, ich muss zur Tür, ich schreibe Dir nachher!"

Sie legte auf, schob den Geschirrspüler zu und rannte zur Tür.

Ihr neues Low Carb Backbuch war angekommen – endlich! Heike hatte inzwischen so viel Freude an ihrer neuen kalorienreduzierten Ernährung, dass sie sich auch gerne mit anderen Ernährungsstilen befasste. Low carb, vegan, vegetarisch. Ihre Waage zeigte inzwischen 96 kg und sie war überglücklich. Bei 90 kg würde sie sich ein schönes Herbstkleid bestellen, das war ja nicht mehr lange hin! Der Samstag fiel ihr wieder ein. Andy. Ihr Herz fing schneller an zu schlagen. Es wäre so schön, ihn zu treffen und wieder spüren zu können. Was sollte sie zuhause sagen, wo sie hinwollte? Sie rief spontan Sabine an.

„Maaami, mein Schulranzen ist WEEEEG!"
Heike durchzog ein eisiger Schauder, so durchdringend hatte ihr Sohn geschrien. Sie hielt die Luft an und dachte nach. Schulranzen. Warum weg? Wo sollte er hin sein? Hatte sie etwas vergessen? War er wirklich verloren gegangen? Blödsinn, natürlich nicht! Ihr fiel ein, dass sie ihn ins Büro

gestellt hatte, um ihn für das kommende Wochenende mit Federmappe und ein paar Kleinigkeiten zu bestücken. Abregen. Puh. Alles war gut.

„Der Ranzen steht im Büro, Matti!" rief sie zurück, während sie akribisch die Schichten der Gemüse-Lasagne in die Form schichtete.

Jonna kam zu ihr in die Küche.

„Kann Michelle morgen bei uns schlafen?"

Auch das noch. Morgen war Freitag. Übernachtungsbesuch. Am liebsten hätte Heike abgelehnt – wieder kein normaler Abend im Schlunzlook auf dem Sofa – ein fremdes Kind beim Essen bedeutete auch immer eine gewisse Anspannung – dazu die Sorge, ob es nachts auch klappte oder man das Besucherkind vielleicht doch wegen Bauchschmerzen nach Hause bringen musste. Wiederum freute sie sich für ihre Tochter.

„Na gut, aber dann soll sie bitte auch erst um vier Uhr herkommen!"

„Jaaaa!!!" Jonna flog ihr mit ausgebreiteten Armen um den Bauch!

„Du bist die Beste!!"

Heike lächelte und freute sich über die Begeisterung ihrer Tochter. Sie würde Samstagabend Andy wiedersehen, da hätte sie auch ihre eigene Übernachtung. Sabine hatte ihr den spontanen „DVD-Frauen-Abend mit Übernachtung" natürlich zugesichert, zumal ihr Mann abends mit einem Kumpel auf dem Maschseefest sein würde und somit gar nicht so recht mitbekommen würde, ob Sabine Besuch hatte oder nicht. Tatsächlich wollte Heike sie zunächst besuchen, dann aber aufbrechen zu Andy.

„Nimm Sebastian bitte die Heckenschere mit, wenn Du sowieso hinfährst" bat Jan im Vorbeigehen, als Heike sich für ihren Abend bei Sabine zurecht machte. Sie warf noch einmal einen prüfenden Blick in den Spiegel – beim Friseur war sie am Vormittag spontan gewesen und ihr gefiel der neue Kurzhaarschnitt mit der weinroten Tönung. Fast ein bisschen wie Sonja, stellte sie fest – aber doch nicht ganz so kurz. In Kombi mit ihrem Sommerkleid in Größe 46 statt 52 fand sie sich schon nahezu schön. Das schien auch Jan aufzufallen. Er kam zurück und blickte hinter ihr in den Spiegel.
„Du siehst toll aus!"
Er küsste sie auf den Nacken und legte seine Arme um ihre Taille. Heike wurde rot, das schlechte Gewissen, da war es wieder! Sie hatte einen so tollen und fürsorglichen Mann, ein schönes Haus und war wieder einmal unterwegs, um einen Rumtreiber im Wohnwagen zu besuchen! Was war eigentlich über sie gekommen? Sie schloss kurz die Augen und zwang sich zu einem Lächeln.
„Danke!"

Sie drehte sich zu Jan und nahm in freundschaftlich in den Arm. Sie würde das klären. Sobald wie möglich. Dann lief sie in den Garten, um sich von den Kindern zu verabschieden, die gerade eine Sandschlacht machten. Es war ein schöner Sommertag, noch immer 28 Grad.

„Mama geht noch zu Sabine, ok?"

Sie küsste die beiden auf die Stirn und ihr Magen zog sich einen winzigen Moment zusammen, bei dem Gedanken, dass sie eigentlich auch ihre Kinder anlog. Blödsinn, riss sie sich zusammen, sie war ihre Mutter, egal wen sie wann und wo traf. Außerdem GING sie ja auch zu Sabine! Nur eben etwas kürzer, dachte sie trotzig. Schnell verwarf sie den Gedanken wieder.

„Tschüss, Mami, grüß Sabine von mir!"

Jonna winkte ihr noch einmal zu.

Sabine reichte Heike ein Glas Sekt und ließ sich neben Ihr auf der Lounge-Garnitur ihrer modernen Terasse nieder. Das cremefarbene Sonnensegel verlieh dem Garten ein wenig maritimes Mittelmeerflair und Heike spielte einen Bruchteil der Sekunde mit dem Gedanken, Andy einfach abzusagen und hier zu bleiben. Es war alles so schön und so einfach ohne schlechtes Gewissen. Aber einfach so alles abbrechen, konnte sie dennoch nicht, dazu hatte sie ihn zu gern. Es war noch immer eine ganz besondere

Atmosphäre, wenn sie sich trafen. Sie hob prostend das Glas.

„Auf Dich und Deine Terasse!"

Sie stießen an und kicherten.

„Schon klar, höchst wichtig!" stimmte auch Sabine zu „aber jetzt erzähl doch mal, was willst Du jetzt tun? Schon dänisch gelernt? Übrigens – Du siehst wahnsinnig gut aus!"

Heike stellte das Glas ab.

„Ach, ich weiß es auch nicht!"

Sie legte die Stirn in ihre Hände und fuhr sich durch die frisch geschnittenen Haare.

„Er ist so süß und lieb und attraktiv…".

Sabine sah sie erwartungsvoll an, Heike sah ihr lange in die Augen.

„Ich glaube, es hat keinen Zweck! Mein Leben ist hier, bei Jan und den Kindern! Nicht irgendwo im Nirgendwo, wo uns niemand kennt, ich kein Wort verstehe und überhaupt!"

Sie fühlte sich kläglich, wie eine 16jährige, die plötzlich gemerkt hatte, dass ihr Schwarm gar kein so cooler Typ war.

„Mach dich doch nicht verrückt" Sabine sah sie nachdenklich an „niemand zwingt dich, irgendetwas zu entscheiden. Warte es doch einfach ab!"

„Doch, ich" widersprach Heike ihr etwas zu heftig „ich kann das Jan und den Kindern nicht noch ewig antun!!"

„Sollst Du ja auch gar nicht!"
Sabine hob beschwichtigend eine Hand.
„Ich meinte nur, dass Du es nicht jetzt und heute entscheiden musst! Triff ihn doch nachher erstmal!"

Die Freundinnen sprachen noch eine Weile über dies und jenes, auch darüber, dass Sabine inzwischen das Gefühl hatte, dass ihre Affaire der Beziehung zu Sebastian doch mehr geschadet hatte als angenommen – zumindest lief es nicht mehr rund zwischen den beiden. Heike nahm die Affaire mit Andy doch weit mehr mit, als sie es selbst gedacht hätte – erst nach zwei Stunden schaffte sie es, sich loszueisen. Kurz nachdem sie ihr Auto in der Nähe von Andy`s Wohnwagen geparkt hatte, checkte sie nochmal kurz ihr Smartphone „bin noch kurz unterwegs, Kuss, Andy." Na toll, dann hätte sie ja auch länger bei Sabine bleiben können! Leicht genervt machte sie sich auf zum Wohnwagen.

Irgendwie hatte sie sich ihr Wiedersehen anders vorgestellt… nicht mit Warten vor dem Wohnwagen. Sie stellte ihren Rucksack ab und öffnete ihr Smartphone erneut. „Du hast die Heckenschere vergessen, ich bringe sie Euch kurz!"
Heike starrte auf das Handy. Um ein Haar hätte sie „auf keinen Fall!!!" geschrieben, dann besann sie sich eines Besseren. Sie wählte Jan`s Nummer.

„Jan Neumann?"

Heike versuchte ganz ruhig zu bleiben.

„Du, wir sind schon los zum Maschseefest" schwindelte sie „ich bringe Sabine die Schere morgen!"

Doch Jan war scheinbar schon im Auto.

„Heike, ich bin in einer Minute da! Da brauche ich jetzt nicht zurückfahren!"

Scheiße, scheiße, was machte sie denn jetzt. Wenn Jan klingelte und nur auf Sabine traf... sie machte einen letzten Versuch.

„Ok, pass auf, klingeln lohnt dann ja nicht – leg sie einfach ins Carport!"

„Alles klar!"

Jan legte auf. Sie starrte entsetzt auf ihr Smartphone. Schnell wählte sie Sabine`s Nummer, die zum Glück sofort abhob.

„Jan ist gleich bei Dir und ich habe gesagt, dass wir schon beim Maschseefest sind!!!"

Heike presste sich angestrengt drei Finger an die Stirn – gleich würde sie verrückt werden vor Sorge. Sabine glückste amüsiert.

„Ach echt?"

Heike hörte im Hintergrund das Geräusch des laufenden Wasserhahns.

„Ich dachte ich hole mir gerade ein paar abgewogene Chips und Gurkenscheiben zum Fernsehen."

Sabine`s breites Grinsen wir durch das Telefon zu hören, Heike wurde abwechselnd heiß und kalt.
„SABINE!!!"
Sie hörte selbst, wie verzweifelt sie klang.
„Er will Euch die Heckenschere zurückbringen! Ich hab ihm gesagt, er soll sie ins Carport legen..."
Sabine klang noch immer belustigt.
„Du meinst neben das Auto, mit dem wir auf dem Maschseefest sind?"
Scheiße, scheiße, scheiße. Heike atmete tief durch.
Sabine beruhigte sie.
„Alles gut, Süße! Wir sind doch mit Deinem Auto gefahren!! Ich gehe solange ins Bad und passe auf, dass er mich nicht bemerkt. Reg Dich jetzt mal ab und genieß Deinen Abend!!"
Heike ließ sich in den Sitz fallen.
„Du hast so viel bei mir gut, das kann ich nie wieder wettmachen!"

Als sie sich auf den kleinen Hocker vor dem Wohnwagen mit Blick auf den Fluss setzte, fiel die Anspannung langsam von ihr ab. In was für ein verrücktes Leben war sie gerutscht. Wenn sie hier saß, kam es ihr vor als sei sie in einer anderen Welt. Einer Welt, in der die Farben bunter, die Vögel lauter und die Luft leichter waren. Es roch nach Sommer, Wasser, Gräsern. Sie konnte eine Zeitlang alle Sorgen und Pflichten vergessen und einfach nur sie selbst sein – und es gab jemanden, der sie einfach nur um ihrer selbst mochte. Da sein und geliebt werden, ohne etwas dafür tun zu müssen. Sie tat ihrer Familie unrecht, natürlich liebten die sie alle auch – aber sie waren es auch gewohnt, dass sie für sie sorgte, sich kümmerte und Verantwortung übernahm. Es war so befreiend, dies einfach einmal nicht zu müssen. Sie beobachtete die kleinen Fische, die ab und zu aus dem Wasser hüpften und war ganz in den Moment versunken. Als sie plötzlich meinte ein Geräusch zu hören, spürte sie auch schon die zärtliche Umarmung um ihre Schultern und Andy küsste sie auf den Nacken. Ein Schauer überlief ihren ganzen Körper. Nur hier wollte sie in diesem Moment sein und nirgendwo anders auf der Welt.

Nach ihrer ganz privaten Wiedersehensfeier lagen sie eng umschlungen im Wohnwagen. Andy strich Heike eine Haarsträhne aus der Stirn.
„Ich hab dich vermisst!"
Heike kuschelte sich an ihn und murmelte glücklich „Ich dich auch!"
Es war noch immer warm und der Sommerabend war traumhaft.
„Wollen wir vielleicht zum Maschseefest?" schlug Heike vor, während sie mit dem Finger kleine Kreise auf Andy`s Bauch malte.
„Sowas Spießiges?"

Er knuffte sie liebevoll in die Seite „bist Du 40 oder was?"

„Hey!"

Sie schlug liebevoll auf seinen Bauch.

„Bisschen mehr Respekt!"

Sie lachten und küssten sich. Es war so himmlisch unkompliziert.

„Ich will mit Dir schwimmen gehen!"

Andy drehte sich zu ihr.

„Im Maschsee?" Heike starrte ihn irritiert an.

„Blödsinn, im Altwarmbüchener See!"

Andy wollte sich wegschmeißen.

„Ganz so bescheuert bin ich auch wieder nicht!"

Eine halbe Stunde später machten sie sich mit Handtüchern, einer Flasche Wein und ein paar Crackern auf den Weg. Im Auto warf Heike noch kurz verstohlen einen Blick auf ihr Handy – eine Whatsapp von Sabine: „Operation Schere geglückt!" Heike atmete unauffällig erleichtert auf und ließ das Telefon in ihrem Rucksack verschwinden.

Als sie am See ankamen, waren viele Badegäste schon gegangen, vor allem die Eltern mit den kleinen Kindern. Heike war froh darüber, sonst hätte sie womöglich noch jemanden gekannt. Außerdem wäre sie sich blöd vorgekommen, bei hellem Tageslicht auf dem Präsentierteller – allein der Gedanke, was die anderen über sie gedacht hätten. Heike sah sich angespannt um. Eigentlich musste ihr das egal sein. Wenn sie auch nur ansatzweise darüber nachdachte, mit Andy nach Dänemark zu gehen, waren solche Gedanken einfach nur kontraproduktiv. Entweder sie hatte das Selbstbewusstsein, egal was andere über den Altersunterschied dachten – oder eben nicht. Dann konnte sie die Überlegungen aber eigentlich auch schon jetzt abstellen. Andy schien sich hierüber überhaupt keine Gedanken zu machen. Er warf unbekümmert sein Shirt auf den Sand, bei dem Blick auf seinen nackten Oberkörper durchfuhr Heike ein sehnsuchtsvolles Ziehen im Bauch und sie fragte sich, warum sie nicht im Wohnwagen geblieben waren. Dann legte er die beiden Handtücher nebeneinander. Automatisch fiel Heike ein, dass mit Jan und der Familie immer alles viel umständlicher war zum Badesee zu fahren. Sie brauchten, seit sie Kinder hatten, jedes Mal zwei bis drei riesige Taschen, wenn sie zum Strand wollten. Neben vier Handtüchern auch noch zwei Decken, Wechselsachen für die Kinder, das Sandspielzeug, Kekse, Getränke, Sonnencreme, usw. usw. – wie unkompliziert es doch war, einfach nur loszufahren und das Leben zu genießen. Auch ungerecht. Wenn Andy Kinder hätte, bräuchten die auch Sonnencreme. Oder Sandspielzeug. Heike spürte, wie Engelchen und Teufelchen sich auf ihren Schultern darüber stritten, wer nun recht und das bessere Leben hatte. „Sch!"

machte sie laut zu den beiden, sie wollte einfach nur den Abend genießen. Andy sah sich zu ihr um. Sie blickte peinlich berührt auf ihren Arm und tat so als verscheuche sie eine Mücke.

„Es fängt schon an, eklig die Viecher!"

Andy klopfte auf das Handtuch neben sich und bedeutete ihr, sich zu ihn zu legen. Heike hatte ihr Sommerkleid anbehalten, da sie ja auch gar nichts anderes dabei hatte und fühlte sich so glücklicherweise nicht so nackt und dick neben ihm. Sie lagen eine Weile zusammen auf dem Strand und hielten sich an den Händen.

„So könnte es in Dänemark immer sein!"

Jan sah zum Himmel hoch und dann zu ihr herüber. Heike fühlte sich etwas ertappt und wusste nicht, was sie sagen sollte. Sie fühlte sich unglaublich glücklich mit Andy hier in diesem Moment. Aber ihr ganzes Leben aufgeben, war schon noch eine andere Sache. Zum Glück schien er keine Antwort zu erwarten, sondern berichtete nur über seine weiteren Pläne im Surfshop und mit dem kleinen Haus, welches er dort mieten und eventuell später kaufen wollte.

„Ich werde doch schon im Dezember nach Dänemark gehen."

Andy setzte sich auf.

„Hier im Wohnwagen wird es mir einfach dann zu kalt und zu eng, in dem Haus habe ich eine Heizung! Siehst Du, ich werde auch spießig!"

Er grinste. Heike rappelte sich hoch und tat so, als sei ihr Handtuch verrutscht, um Zeit zum Nachdenken zu gewinnen.

„Oh, Dezember schon, ich dachte erst im Frühling."

Andy sah gedankenverloren auf den See in der untergehenden Sonne. Inzwischen waren nur noch einige Jugendliche mit ihnen hier.

„Dezember ist perfekt. Bis dahin habe ich hier noch einiges in die Wege geleitet, den Wohnwagen abgegeben, Ole hilft mir in Dänemark beim Umzug und im Frühjahr kann ich dann schon den ersten Unterricht geben! Übrigens fängt die Schule in Dänemark auch am zweiten Januar wieder an!"

„Die Schule?"

Heike verstand zuerst nicht, worauf er hinauswollte, dann wurde es ihr klar.

„Oh, ach so, ja, klar!"

Andy sah sie ernst an.

„Hast Du Dir schon überlegt, ob Du mit den Kindern mitkommst?"

Sie wusste nicht, was sie sagen sollte.

„Ach Andy, ich weiß es nicht. Es hängt so viel daran. Und außerdem, sie können kein dänisch – und ich weiß gar nicht, ob ein Schulwechsel so plötzlich möglich wäre."

Sie wollte weiterreden, aber er unterbrach sie, indem er einen Finger auf ihre Lippen legte.

„Alles wird gut! Denk in Ruhe darüber nach! Wenn Du mich begleitest, bin ich der glücklichste Typ der Welt und wir kriegen zusammen alles hin! Aber Du musst es wirklich wollen!"

Heike schluckte. Genau das war ihr Problem.

„Sollen wir jetzt schwimmen gehen?"

Andy stand auf und streifte sich die Jeans ab. Heike starrte ihn an.

„Jetzt?"

Es war inzwischen dunkel geworden und sie konnten nur noch weit entfernt ein paar Stimmen hören. Er lachte und zog sie hoch. Da fiel es ihr ein und sie grinste erleichtert.

„Ich kann ja eh nicht schwimmen gehen, ich hab gar keinen Badeanzug mit!"

Andy zog sie ganz nah an sich und raunte ihr mit warmer Luft ins Ohr „ich hatte nie vor, mit Badesachen zu schwimmen, ich will dich an mir spüren".

Heike spürte, wie sie am ganzen Körper Gänsehaut bekam. Bei dieser Vorstellung konnte es im Wasser vielleicht doch wärmer werden als gedacht.

Als sie zwei Stunden später eng aneinander geschmiegt im Wohnwagen lagen, war Heike zu träge, sich Sorgen oder Gedanken zu machen. Der Gedanke an ihren Ausflug zum See machte sie glücklich, die Erinnerung an das gemeinsame Schwimmen im Mondlicht... - sie hatte plötzlich das Gefühl, nie wieder ein normales Leben mit Geschirrspüler ausräumen und Muffins backen leben zu können. Aber der Gedanke war zum Glück weit weg im Nebel des irgendwo.

Geschirrspüler und Muffins holten Heike jedoch schneller wieder ein, als es ihr lieb war, denn eine Woche später war bereits Mattis` Einschulung. Natürlich hatten sie alles liebevoll vorbereitet und freute sich sehr für ihren Kleinen – und auch mit ihm. Trotzdem waren es eindeutig zwei Welten, in denen sie da lebte. Sie feierten mit den Großeltern und Jan`s Schwester samt Familie mit Grillparty und Kuchenbuffet. Auch Sabine und Sebastian waren zur Grundschule gekommen, um Mattis ein kleines Geschenk zu bringen. Mattis war überglücklich und erzählte ununterbrochen von seinem Klassenraum und seiner Lehrerin Frau Scholz-Buchmann. Heike verdrängte Andy und ihr vorangegangenes Wochenende komplett und konzentrierte sich dafür mehr auf Grillwurst und Salat. Absolut gar nicht vegan. Irgendwie unkompliziert kam ihr dieses normale Leben plötzlich vor. Das reichte doch eigentlich auch.

September

Nicht weil es schwer ist, wagen wir es nicht, sondern
weil wir es nicht wagen, ist es schwer
(Seneca)

„Weißt Du was, eigentlich beneide ich Dich ja."
Sabine ließ sich neben Heike auf den Fahrersitz ihres
Autos fallen und steckte den Zündschlüssel ein.
„Seit Du Andy hast, bist Du immer so gut drauf und
hast unglaublich abgenommen. Bei mir stagniert
alles munter vor sich hin, nur weil in meinem Leben
gerade nichts aufregendes passiert!"
Heike sah sie nachdenklich an.
„Naja, das Aufregende in Deinem Leben ist ja auch
noch nicht so lange her" erinnerte sie an Sascha
„aber ja, es stimmt schon, bei uns ist es noch etwas
anderes - aber dafür musst Du nicht dauernd deine
Familie belügen und weißt genau wo Du in sechs
Monaten leben wirst!"
Sie seufzte und machte eine Pause.
„Ich bin glücklich mit Andy, aber es ist eine völlig
andere Welt und in meiner wirklichen Welt bin ich
auch glücklich nur – anders. Ich weiß es auch alles
nicht. Aber abgesehen davon hast Du doch auch
schon 15 kg abgenommen!"

Sabine verdrehte die Augen und kniff sich in die Speckrolle am Bauch „ja, schon, aber guck doch mal! Ich hab auch einfach keine Lust mehr, mich ständig zu kasteien! Vielleicht probiere ich es mal mit Tennis, bei uns im Dorf gibt es einen neuen Einsteigerkurs!"

„Jetzt bin ICH aber neidisch!" schimpfte Heike gespielt „ich wollte schon immer mal ein Hobby neu beginnen, willst Du mir jetzt schon wieder zuvorkommen?"

„Komm doch einfach mit!"

Heike sah zweifelnd an sich herunter.

„Ja, klar, mit 98 kg gehe ich Tennis spielen!"

„Warum nicht?"

Sabine setzte den Blinker und sie bogen langsam auf den Parkplatz vom Alex ab. Nach ihren Treffen bei *ZFM* waren sie bei der Tradition geblieben im Anschluss ins Bistro zu gehen.

„Der Kurs ist donnerstags um 19.30 Uhr!"

„So spät, das ist ja grauenhaft!"

„Gar nicht grauenhaft" widersprach Sabine „oder wolltest Du deine Kinder jede Woche allein lassen?"

Sie spielte auf die Arbeitszeiten von Jan und Sebastian an.

„Auch wahr" seufzte Heike. Plötzlich hatte sie Lust den Tennis-Kurs auszuprobieren. Endlich eine Möglichkeit etwas zu tun, was Spaß machte und weder mit der Familie noch mit Andy zu tun hatte.

„Sehen wir uns dann auch noch ab und zu?" maulte Jan, als Heike ihm begeistert von Sabine`s Tennis-Idee berichtete.

„Dienstags bist du bei deine Abnehmgruppe, freitags und samstags neuerdings ständig bei Sabine und donnerstags dann beim Tennis, oder wie? Du erinnerst Dich, dass du auch noch Kinder hast?"

Heike zwang sich ruhig zu bleiben, zumal sich insbesondere wegen der vermeintlichen Treffen mit Sabine sofort ein schlechtes Gewissen einstellte. Bald würde sie sich entscheiden müssen. Der Gedanke ohne Andy zu sein – in dem Leben, welches sie vor ihm hatte – war unvorstellbar. Genauso unvorstellbar war jedoch, mit den Kindern nach Dänemark zu gehen und Jan einfach vor vollendete Tatsachen zu stellen. Aber dass er ihr jetzt was verbieten wollte, ging dennoch definitiv zu weit!

„Du bist doch auch ständig beim Hockey oder triffst dich mit Axel oder Thomas" ging sie in den Gegenangriff über „ist das ein Vorrecht der Männer, oder wie? Und die Frauen dürfen brav hinter dem Herd sitzen??"

Wütend, aber trotzdem darauf bedacht, es nicht völlig eskalieren zu lassen, schob sie nebenbei die Stühle an den Esstisch und schmiss Mattis` verteilte Playmobilfiguren in die Kiste. Jan sah an ihr vorbei in den Fernseher. Sie stellte sich direkt vor den

Bildschirm „Meinst Du, ich darf nichts für mich machen?"

Erstaunt über ihre plötzliche Wut, sah er zu ihr auf und sagte dann nachdenklich „doch, natürlich… Du hast ja auch toll abgenommen! Ich hatte nur gedacht, das reicht Dir!"

Heike spürte plötzlich, dass sie in den letzten Monaten eigentlich nur nebeneinanderher gelebt hatten.

„Du weißt so vieles nicht von mir" sagte sie traurig „ich frage mich manchmal, ob wir für immer so zusammen leben wollen wie jetzt."

Am darauffolgenden Samstag war der 50. Geburtstag von Axel. Langsam wurde es etwas kühler. Axel feierte groß auf einem alten Bauernhof, der eine schön zurecht gemachte Festscheune hatte. Die Feier begann am späten Nachmittag, so dass die Kinder mitkommen konnten, später hatten sich die Schwiegereltern bereit erklärt, die beiden abzuholen und bei sich übernachten zu lassen. Es waren an die 80 Gäste geladen und viele hatten Heike seit einem Jahr nicht mehr gesehen – woraufhin sie prompt von etlichen flüchtigen Bekannten nicht mehr erkannt wurde.

„HEIKE, DU bist das! Unglaublich!"

Heike lächelte etwas gezwungen – sie wusste nicht so recht, was sie von derartigen Ausrufen des

Erstaunens halten sollte. Bei einigen Wenigen waren es ehrlich gemeintes begeistertes Lob für ihre neue Figur – bei anderen wirkte es eher wie ein Pseudonym für die Sätze „DIR hätte ich das ja NIE zugetraut" oder „DAS wirst Du wohl nicht halten können". Aber sie freute sich trotzdem – endlich konnte man ihr die Veränderung ansehen! Sie trug ein schmal geschnittenes schwarzes Kleid mit kleinen roten Rosen an den Oberarmen – dazu ungewohnt hohe Schuhe, so dass sie sich beim Laufen sehr konzentrieren musste. Natürlich war sie von richtig schlank noch etliches entfernt, aber sie musste zugeben, dass sie sich in diesem Kleid schon jetzt gut gefiel. Den Rest würde sie auch noch schaffen. Wie groß Andy`s Anteil an ihrem Erfolg war, konnte man ihr ja zum Glück nicht ansehen.

„Schau mal, da ist ein Clown!!"

Aufgeregt zupfte Mattis an ihrem Kleid. Auch Jonna sah interessiert zur Mitte des Hofes, wo gerade ein Clown begann sein Equipment auszupacken.

„Meinst Du, der macht auch solche Luftballontiere?" fragte Jonna plötzlich begeistert. Die hatten es ihr schon im Kindergarten angetan.

„Wir können ja mal schauen gehen."

Heike nahm Mattis an die Hand, der sie aber gleich wieder wegzog.

„Ja, schauen wir" meinte er großspurig „aber Du brauchst mich nicht festzuhalten, ich bin doch kein Baby mehr, ich gehe schon zur Schule!"
Heike lächelte und war sich nicht sicher, ob sie das gut oder schlecht finden sollte.

Sie verbrachten einen schönen Abend auf der Feier, genossen das spätsommerliche Wetter mit Weinschorle und leckerem Essen, die Kinder spielten mit ihren Freunden aus dem Dorf und Heike fühlte sich zunehmend ausgeglichen und zugehörig. Klar, ihr Leben war nicht immer spannend, sie machte keine Bungee-Sprünge oder aufregende Reisen, aber sie war dankbar und glücklich für alles Schöne. Sie genoss den Tag mit ihrer Familie und war sich sicher, dass sie nun endlich angekommen war. Dies war ihr Platz im Leben. Andy war aufregend und attraktiv und spannend und all das, aber eben nur ein schöner Traum. Der Gedanke an Dänemark war in weite Ferne gerückt. Jan unterhielt sich in der Nähe der Scheune mit Axel – oder rauchten sie womöglich sogar – sie konnte es von Weitem nicht genau erkennen – sie selbst saß gemütlich mit Britta am Lagerfeuer. So ließ es sich gut aushalten dieses „unspannende Leben". Mehr aus Gewohnheit denn aus Neugier sah sie auf ihr Handy und zuckte unmerklich zusammen. Während sie ihr weiteres Leben gerade so schön fernab und Andy plante und

genoss, hatte dieser ihr schon drei Nachrichten geschrieben. „Hey Süße, wie ist eure Party?"
„ich vermisse Dich" und die dritte „um Mitternacht beginnt Kay`s Chillout-Party, hast Du Lust? Deine Feier ist da doch sicher schon vorbei. Komm doch einfach hin!"

Scheiße. Heike`s entspannte Stimmung war von einem Moment auf den anderen zerstört. Hätte sie bloß nicht aufs Handy geguckt. Sie ärgerte sich über sich selbst. Das passte jetzt wirklich überhaupt nicht! Ja, sie war nicht mehr 20 und ein 50ster Geburtstag war keine aufregende Party, aber musste denn im Leben auch immer alles aufregend und spannend sein? Durfte sie nicht einfach auch mal nur die schönen gemütlichen Dinge genießen? Sie fühlte sich vom Leben ungerecht behandelt – warum hatte es sie denn ausgerechnet in dieser entspannten Stimmung wieder an Andy erinnert und an alle Sorgen und Unsicherheiten, die sie hatte? Klar, sie konnte das mit ihm sofort beenden, aber bisher hatte es sich auch noch nie so angefühlt wie genau an DIESEM Abend ohne ihn. Der Gedanke, nach diesem entspannten Abend unter einem Vorwand in die Nordstadt zu müssen, um in Kay`s chaotischer Butze mit einem Haufen 20jähriger Alternativer als Mutter Beimer zu sitzen, war alles andere als verlockend. Eher sogar grauenhaft! Kurz blitzte der Gedanke an

Andy`s makellosen Körper auf, den sie in diesem Fall unzweifelhaft heute Abend noch genießen können würde. Wehmütig lief ihr ein Schauer über den Rücken. Es passte einfach nicht. Sie fühlte sie hier in diesem Moment einfach zu richtig. Vielleicht wäre es perfekt gewesen, wenn Andy statt Jan hier gewesen wäre. Vielleicht auch nicht. Mit wem sollte Andy hier reden und worüber? Alle würden sie fragen, ob das ihr Schwiegersohn sei. Sie machte ein Gesicht als hätte sie in eine Zitrone gebissen und steckte rasch das Handy weg.

„Alles in Ordnung?"

Als sie hochsah, bemerkte sie, dass Britta sie scheinbar schon eine ganze Weile beobachtete. Sie wurde rot, aber zum Glück konnte man das am Lagerfeuer nicht sehen.

„Ja, alles gut... ich habe mich nur über eine Freundin geärgert".

„Trinkst Du noch eine Weinschorle mit?"

„Oh ja, gerne, unbedingt! Oder vielleicht lieber zwei!"

Britta lachte und machte sich auf den Weg, um die Getränke zu holen.

Das Tennistraining war besser gelaufen als erwartet. Der Trainer hatte sie für ihr gutes Ballgefühl gelobt, die ihr zugespielten Bälle hatte sie fast alle zurückspielen können und wider Erwarten hatte sie sich sogar wie eine Frau gefühlt, die Tennis spielt und nicht wie ein Flusspferd beim Versuch Ballett zu tanzen. Beschwingt verließ sie mit Sabine die Tennishalle. „Du warst richtig gut!" Bestätigte ihr auch die Freundin „dann wieder nächste Woche?" „Auf jeden Fall!"

Das Planschbecken hatten sie schon fürs nächste Jahr eingemottet, so langsam fingen sie an, den Garten für den Herbst vorzubereiten. Heike hatte sich bei Müller & Scholz zum ersten Mal seit Jahren neue Sportsachen gekauft und festgestellt, dass die Waage inzwischen nur noch 93 kg anzeigte – so wenig wie noch nie! Sie hatte seit dem Beginn bei *ZFM* nun sage und schreibe 27 kg verloren! Sie konnte es selbst kaum glauben. Ihre früheren Gelüste, abends wenn die Kinder im Bett waren, noch mal schnell eine fette Pizza und eine Packung Kinderriegel zu vertilgen, waren vollkommen verschwunden. Stattdessen kaufte sie sich nun teure Pralinen, von denen sie am Abend höchstens ein oder zwei Stück aß, aber auch eher selten. Sie konnte sich nicht so richtig erklären, woher vorher das Bedürfnis für das viele Essen gekommen und – wo es jetzt hin war. Aber sie war sehr glücklich darüber und konnte es kaum erwarten, demnächst womöglich sogar eine acht vorne auf der Waage zu sehen. Selbst Andy hatte ihr kürzlich wieder gesagt, wie umwerfend sie aussah – auch wenn er sich schon mit 120 kg in sie verliebt hatte. „Du bist eine tolle Frau" klang aus seinem Mund noch viel besser, wenn sie dies auch selbst glaubte.

Der Sommer kehrte Ende September noch einmal zurück. Heike hatte das Tennistraining ausnahmsweise ausfallen lassen, um Andy zu besuchen, denn er hatte ihr eine Überraschung versprochen. Diesmal sollte sie jedoch einen Badeanzug mitbringen. Sie rechnete schon damit, dass sie wieder zum Altwarmbüchener See fahren würden, aber Andy hatte andere Pläne.
„Nee, wir brauchen Dein Auto nicht, es ist ganz in der Nähe."
Sie liefen auf einem schmalen Pfad den Fluss entlang. Keine 10 Minuten später deutete er nach vorne „Bitte schön, das Paradies!"
Heike staunte. Mitten in der Stadt gab es eine richtige Oase. Eine superschöne Strandbar. An den Seiten standen bunte Surfbretter und man hatte eine herrliche Aussicht auf den Fluss. Dort tummelten sich einige Stand-Up-Paddler. Heike verrenkte sich neugierig den Hals. Das hätte sie auch gerne einmal ausprobiert, aber mit ihrem Gewicht und noch dazu ihrem Aussehen ging das ja leider nicht. Andy folgte ihrem Blick und warf einen Blick auf die Uhr.
„In 30 Minuten können wir unsere Boards abholen!"

Heike starrte ihn entsetzt an und Schlimmes dämmerte ihr.

„Sag nicht, dass wir DAS ausprobieren!"

Andy lachte.

„Nee, ICH mache das schon seit Jahren, ich probiere da nichts aus – bei Dir könnte man vermutlich von ausprobieren sprechen!"

Heike`s Blick war emotionslos. Der Gedanke, wie sie auf so einem Brett aussehen würde, während sich die ganzen coolen Typen vom Strand aus über sie totlachten, war einfach zu schrecklich. Wollte Andy sie absichtlich bloßstellen? Aber Andy schien Gedanken lesen zu können! Er zog sie an sich und küsste sie auf den Mund.

„Heike, Du bist eine attraktive Frau, die schlichtweg einfach nur kein Gerippe ist! Gerippe mag eh niemand! Du kannst Dir ruhig etwas mehr zutrauen! Und ich bin ja dabei und helfe Dir!"

Zwei Stunden später zog Heike erschöpft, aber sehr glücklich, ihr Board an Land. Sie spürte jetzt schon jeden einzelnen Muskel, aber sie war stolz, mutig genug gewesen zu sein, um ihre ersten Stand-Up-Paddle-Erfahrungen zu machen. So blöd hatte sie sich gar nicht angestellt. Sie hatten ohnehin in einem geschützten Bereich begonnen, der von der Strandbar aus nicht eingesehen werden konnte. So hatte auch niemand ihre mehr oder weniger eleganten Badeeinheiten beobachten können. Und als sie sich nach einer Weile sicherer gefühlt hatte, waren sie sogar ein kleines Stück an der Bar vorbeigefahren. Die nötige Konzentration hatte den positiven Effekt, dass sie gar keine Gelegenheit hatte nachzudenken oder darüber zu grübeln, wie sie wohl gerade aussah. Andy boxte ihr freundschaftlich gegen die Schulter.

„Das war echt richtig cool!"

Sie hatten am Wohnwagen ein kleines Feuer gemacht, an dem sie nun zusammensaßen. Gegessen hatten sie schon in der Strandbar, in der es auch vegane Pizza gegeben hatte. Es wurde dunkel und Heike musste bald nach Hause. Heute konnte sie nicht schon wieder eine Übernachtung bei Sabine vortäuschen. Andy hielt sie in den Armen und sie sahen stumm in die Flammen. Es war so ein schöner Tag gewesen mit Andy`s Überraschung. Heike fühlte sich wieder viel jünger und unbeschwerter und wollte auch gar nicht mehr wollte auch gar nicht mehr darüber nachdenken, welche Welt nun die Richtige war. Andy kam ihr zuvor.

„Was denkst Du, kommt ihr mit nach Dänemark? Es ist bald Oktober…"

Heike seufzte.

„Ich weiß nicht, was ich denken soll! Alles fühlt sich so richtig an mit Dir! Und so lebendig! Aber dort, mit

Jan und den Kindern... das fühlt sich auch richtig an! Auf eine andere Art nur. Ich weiß nicht, ob Du das verstehen kannst."

Andy küsste ihr auf die Schulter.

„Nimm Dir die Zeit, die Du brauchst. Ich möchte, dass du freiwillig mit mir mitgehst – nicht, weil ich es will."

Oktober

Seit Du selbst, alle anderen sind bereits vergeben
(Oskar Wilde)

Der Herbst begann sonnig und warm, so dass Heike und Jan seit längerer Zeit mal wieder einen Ausflug mit den Kindern unternahmen. Wandern im Harz war immer eine schöne Auszeit vom Alltag – es gab dort traumhafte Ecken mit riesigen Felsformationen oder Seen – Heike staunte immer wieder, wie nah diese andere Welt lag. Gerade einmal etwas über eine Stunde von Hannover entfernt und schon war man in wunderschöner Landschaft. Auch die Kinder sprangen fröhlich auf dem Weg, für sie war es das Größte, wenn sie an einem kleinen Bach einen Staudamm bauen durften oder es endlich auf das Picknick zuging. Natürlich konnten sie mit den beiden nicht zu lange unterwegs sein, um deren Begeisterung nicht im Keim zu ersticken, aber das war auch gar nicht nötig. In der Vergangenheit war Heike allein wegen ihres Gewichts froh gewesen, wenn sie nur kleine Wanderungen machten und möglichst schnell zum Picknick übergingen – nun merkte sie ganz deutlich, wieviel leichter ihr das Laufen bergauf fiel. Inzwischen hatte sie 91 kg erreicht und damit fast 30 kg abgenommen. Sie war immer noch außer Atem und knallrot im Gesicht, als sie eine lange Steigung hinauf gingen, trotzdem war der Weg auszuhalten. Sie konnte sich noch gut erinnern, dass sie früher alle paar Minuten stehen bleiben musste und insgesamt dennoch viel weniger Strecke geschafft hatte, um völlig fertig zu sein. Jetzt packte sie der Ehrgeiz. Sie war stolz auf sich, sie hatte schon unglaublich viel erreicht. Das schien auch Jan gerade aufgefallen zu sein.

„Hey, nicht dass du mich hier abhängst" scherzte er, ebenfalls schnaufend.

Heike grinste ihn an und wischte sich eine verschwitzte Haarsträhne aus der Stirn.

„Pass auf, gleich siehst du nur noch eine Staubwolke!"

„Hab ich Dir eigentlich schon gesagt, dass ich echt stolz auf Dich bin?"

Jan war stehen geblieben.

Heike blieb auch stehen und sah ihn an.

„Wirklich Heike, du hast so viel geschafft, das ist Wahnsinn! Du siehst super aus!"

Heike lächelte ihn an und dachte einen Moment lang nicht an ihr schlechtes Gewissen.

„Danke!"

„Wann picknicken wir endlich?"

Jonna verrenkte sich mit ihrem gesammelten Wanderstock die Arme „ich habe Hunger!"

„Ich auch!!!"
Mattis kam ebenfalls sofort herübergelaufen.
„Wir gehen nur noch bis zur Mausefalle" beruhigte Jan die Kinder „das ist nicht mehr weit!"
„Mausefalle? Fängt man da echte Mäuse?" erkundigte sich Mattis eifrig und voller Vorfreude.
„Leider nicht" lachte Heike „das ist nur ein ganz besonderer Felsen, aber dort gibt es einen schönen Picknickplatz und mit etwas Glück ist er frei!"
Mattis schmollte, er hätte gerne Mäuse gefangen.
„Aber ich habe dafür ein paar Bärchen" verriet Heike „Gummibärchen!"
Damit war ihr Sohn wieder versöhnt und sie konnten mit neuem Schwung das letzte Stück Weg bewältigen.

Nach dem Picknick blieben sie noch eine Weile sitzen. Der Picknicktisch war zum Glück frei gewesen und die Sonne war für Oktober unglaublich warm. Die Kinder spielten in der Nähe Dino-Forscher, Jan half ihnen Stöcke für ein imaginäres Lagerfeuer suchen und Heike legte sich aufseufzend auf die Bank. Herrlich. So könnte sie für immer liegen bleiben. Satt und zufrieden und in der warmen Sonne. Die Welt war in Ordnung. Eigentlich war Jan ein toller Mann und Vater – sie schämte sich, dass sie ihre Beziehung in den letzten Monaten oft so negativ gesehen hatte. Aber Jan hatte sich auch nicht immer so bemüht, verteidigte sie sich vor sich selbst. Erst jetzt hatte sie das Gefühl wieder genau zu merken, was ihr wichtig war. Ihre Familie, die Kinder und Jan. Und Andy? Ihr Magen zog sich zusammen und ihr schönes warmes entspanntes Gefühl verflog. Konnte ihr Gehirn ihr nicht einmal eine Pause gönnen? Warum fiel ihr ausgerechnet jetzt Andy wieder ein. Sie hatte ihm noch immer keine Antwort gegeben – zuerst, weil sie nicht wusste, was sie wollte und jetzt, weil sie es nicht wahrhaben wollte. War das wirklich ihre endgültige Entscheidung? Andy aufgeben und bei Jan bleiben? War es so einfach? Der Gedanke Andy zu sagen, dass sie sich von ihm trennen musste, verursachte ihr ein flaues Gefühl. Aber warum – nur weil es eben unangenehm war oder weil es falsch war und sie eigentlich doch bei ihm bleiben wollte? Hinter sich hörte sie, wie Mattis Jan erklärte, dass der Oviraptor eigentlich Federn gehabt hat. Es war als würde ihr eine innere Stimme sagen „hörst du das? DAS ist die wahre Lösung!" Sie fuhr sich mit den Händen über das Gesicht und verscheuchte alle Gedanken. Die Sonne war zu schön. Sie würde das später klären.

Der Wandertag war wie ein Schlüsselerlebnis für Heike, der ihr gezeigt hatte, wo sie trotz allem hingehörte. So schwer es ihr fallen würde, Andy aufzugeben – sie musste es tun. Sie hatte nur keine

Ahnung, wie sie das anstellen sollte. Er würde sehr enttäuscht sein und auch ihr fiel es unglaublich schwer. Vielleicht würde sich zufällig eine Gelegenheit ergeben. Heute stand erst einmal das Oktoberfest von *ZFM* auf dem Programm. Die Leiterin hatte alle interessierten Teilnehmer gebeten, für den heutigen Abend ein kalorienarmes oktoberfestgeeignetes „Schmankerl" mitzubringen und der Dresscode lautete selbstverständlich Dirndl und Lederhose. Sabine hatte im Internet ebenfalls noch ein Dirndl erstanden und die Freundinnen freuten sich auf einen schönen Abend.

„Bist a fesches Madel!" grinste Sabine Heike an, als sie sich kichernd bei Sabine zuhause umzogen.

„I hab scho an Oidn dahoam!" konterte Heike kokett. Sabine sah sie verständnislos an.

„Hä? Was?"

Heike wollte sich ausschütten vor Lachen.

„Das hab ich gegoogelt – das heißt ´Ich hab schon einen Freund`- man muss doch gewappnet sein!"

Sie streckte Sabine die Zunge raus, die sich nun selbst nicht mehr einkriegte.

„An Oidn dahoam?? Hab schon nen Alten zuhause?"

Sie quietschte und wischte sich die Lachtränen aus den Augen.

„Herrlich, oh Mann, ich bin so froh, dass wir uns bei dem Kurs angemeldet haben!"

Der Abend war sehr schön gewesen und die Freundinnen hatten mit Heike`s Satz noch viel Spaß gehabt – als nämlich im Rahmen der lockeren Stimmung Markus in der Kniebundhose anfing, Sabine Avancen zu machen. Markus war auch seit ein paar Wochen bei *ZFM* und ein ganz netter Kumpeltyp – der aber scheinbar nun der Meinung gewesen war, dass aus Sabine und ihm noch mehr werden könnte. Er war zunächst leicht bedröppelt, als Heike ihm erklärte, dass Sabine verheiratet war, aber dann meinte er gönnerhaft, er würde Sebastian schon noch eine Weile den Vortritt lassen, aber sollte er Sabine dumm kommen, könne sie gerne jederzeit auf sein Angebot zurückkommen. Er blinzelte ihnen zu und damit war ihre Freundschaft besiegelt. Es gab auch noch etwas Weiteres zu feiern außer dem Oktober an sich – Heike bekam an diesem Abend feierlich ihre 30 kg-Abnahme-Medaille, Sabine immerhin die 15 kg-Medaille. Sabine hatte der Leiterin zudem gesagt, dass sie ihren Weg nun mit 80 kg beenden würde. Sie hätte gerne noch 5 kg mehr erreicht, aber das wollte sie nun auf eigene Faust schaffen. Für die letzten 10 kg, die Heike noch fehlten, würde sie allein zu den Treffen fahren müssen. Die Freundinnen prosteten sich mit alkoholfreiem Bier und einer Laugenbrezel mit fettreduziertem Obatzda zu und strahlten über ihre Erfolge.

Für den kommenden Sonntag hatte Andy ihr einen weiteren Ausflug versprochen. Da Jan mit den Kindern bei seinen Eltern war, hatte sie keinerlei Probleme, eine Ausrede zu erfinden. So langsam bekam sie Routine in ihrem Doppelleben. Nicht, dass sie es gut gefunden hätte, aber zumindest funktionierte es. Und es hatte ja leider oder gottseidank nun auch bald ein Ende. Vielleicht würde sich heute eine Gelegenheit ergeben. Da Andy kein Auto hatte, lotste er sie quer durch Hannover und dann aus der Stadt heraus Richtung Deister.

„Hey, gehen wir wandern?"

Heike dachte an ihren Ausflug in den Harz und ihr Herz machte einen kleinen Hüpfer. Es war zwar nicht richtig, aber der Gedanke die schöne Natur auch einmal ohne Kinder und dafür mit Andy zu verbringen, war zu verlockend. Doch er grinste nur.

„Abwarten."

Vielleicht doch etwas anderes. Aber was konnte man im Deister außer wandern. Heike war unkonzentriert wegen ihres Planes, Andy von ihrer bevorstehenden Trennung zu berichten. Irgendwie würde sie es schon hinkriegen. Als er ihr eine Hand auf den Oberschenkel legte, lief ihr wieder dieser warme Schauer über den Rücken. Scheiße, so würde sie das nie hinkriegen.

Es dauerte jedoch gar nicht lange, dass sie daran erinnert wurde, dass es sein musste. Kaum, dass sie auf dem Parkplatz ausgestiegen waren, hielt neben ihnen ein alter grauer VW-Bus und Timo sprang aus der geöffneten Fahrertür.

„Hey Leute, was geht?!"

Andy und Timo schlugen sich ab.

Timo kam zu Heike und umarmte sie kurz zur Begrüßung.

„Alle bereit? Ich bin gut drauf!"

Erst verstand Heike nicht, was der Plan war, dann öffnete Timo die Schiebetür des Bullis und drei Mountainbikes kamen zum Vorschein. Heike starrte mit offenem Mund.

„Das ist nicht Dein Ernst, oder?"

Sie sah Andy irritiert an.

„Du glaubst nicht wirklich, dass ich hier irgendwelche Berge runterfahre?? Ich fahre zweimal im Monat mit dem Hollandrad zum Bäcker!"

Andy küsste sie und nahm sie in den Arm.

„Keine Sorge, das ist gar nicht so schwer! Wir haben auch ausreichend Schutzausrüstung!"

Heike war genervt. Tatsächlich. Zum ersten Mal, seit sie Andy kannte, war sie wirklich genervt. Konnte man nicht einfach mal nur man selbst sein und all die Dinge tun, die man gerne mochte, ohne ständig etwas Neues probieren zu müssen? Lag es jetzt am Alter oder daran, dass sie noch nie ein Draufgänger gewesen war im Gegensatz zu ihm? Er schien ihren Unmut nicht so richtig ernst zu nehmen.

„Hey" er pikste ihr in den deutlich schmaler gewordenen Bauch „wir nehmen ganz einfache Strecken!"

Heike konnte nicht verhindern, dass ihr Tränen in die Augen stiegen. Sie versuchte zur Seite zu schauen und sie wegzublinzeln. Was sollte sie nur tun. Sie beschloss, den Tag einfach irgendwie rumzukriegen.

„Ok" murmelte sie, ohne ihm in die Augen zu sehen „aber ich muss um 16.00 Uhr zuhause sein."

„Geht klar" rief er fröhlich und zu Timo gewandt „wir können starten!"

Als Heike nach Hause kam, waren Jan und die Kinder noch nicht zurück. Gottseidank. Wenigstens das. Sie musste sich erstmal sammeln. Sie war enttäuscht, traurig, frustriert, überrumpelt, haderte mit dem Schicksal. Warum war alles wie es war? So verfahren. Es hatte alles so toll angefangen im Frühjahr... nun steckte sie noch immer in der Sache, war auch noch immer in Andy verliebt, aber es wurde immer klarer, dass es so niemals funktionieren würde. Sie war keine coole sportbegeisterte 28jährige, die mal eben nach Dänemark auswanderte. Sie konnte es drehen und wenden, wie sie wollte, sie war es nicht. Aber sie empfand so viel für Andy, dass sie es nicht übers Herz gebracht hatte, es ihm zu sagen. Dann war es endgültig. Aber war es das nicht schon jetzt? Ihr schlechtes Gewissen wog nun doppelt – einmal gegenüber Jan – für den sie sich ja eigentlich schon entschieden hatte – und nun auch gegenüber Andy. Sie wünschte sich, sich augenblicklich in Luft aufzulösen.

Aber auch Andy schien ein schlechtes Gewissen zu haben. Als sie nach Feierabend auf dem Sofa saß und frustriert mit einer Tüte Chips DSDS sah (sie wollte auf keinen Fall wieder in ihr altes Verhaltensmuster fallen, aber diese Tüte Chips musste es jetzt sein), vibrierte ihr Handy „hey Süße, tut mir leid, dass ich Dich so überfallen habe mit der Idee – ich dachte es wäre mal etwas Neues."
Jetzt wurde ihr schlechtes Gewissen noch größer. Er hatte es ja nur gut gemeint. „Ja, ich weiß, vielen Dank für Deine Idee!" tippte sie zurück. Da kam eine Einladung. „Morgen Abend 18.00 Uhr Picknick im Georgengarten! Komm zum Pavillon! Kuss, A." Sie schickte einen Kuss-Smiley und einen Daumen hoch.

Als Heike am folgenden Abend am Pavillon ankam, konnte sie Andy zunächst nirgends entdecken. Nur ein Pärchen mit langen Rastazöpfen saß eng umschlungen auf den Stufen auf der anderen Seite. Heike fühlte sich wieder spontan alt und spießig. Eigentlich war sie inzwischen schon sehr zufrieden mit ihrer Figur. 30 kg Abnahme waren eine Menge, sie konnte inzwischen figurbetonte Kleidung tragen und darüber war sie sehr glücklich. Aber die beiden dort schätzte sie von Weitem auf Anfang 20 und man konnte, ohne näher heranzugehen erkennen, dass keiner von beiden mehr als 65 kg wog. Irgendwie fühlte es sich noch immer ungerecht an. Noch bevor sie die Schritte realisierte, hielt Andy ihr auch schon die Augen zu.

„Hab dich!"

Sie drehte sich lächelnd um. Sie bummelten Hand in Hand ein Stück durch die Grünanlage. Der Georgengarten war sehr schön und im Gegensatz zu dem kostenpflichtigen Großen Garten mit den traumhaften, aber auch akkurat abgezirkelten riesigen Blumenbeeten bestand er lediglich aus Büschen, Bäumen und Teichen. Hier konnte man entspannt spazieren gehen oder picknicken und im Sommer sogar ein paar Blicke auf das Feuerwerk im Großen Garten erhaschen. Entlang der Gracht, die den Großen Garten vom Georgengarten trennte, bauten sich regelmäßig Schaulustige vor Beginn des Feuerwerks ihre Picknicktische auf und genossen den Abend bei Sekt und Käsehäppchen. Heike liebte diese Atmosphäre. Mit Jan war sie schon oft im Großen Garten gewesen. Mit Andy hatte sie nun andere Pläne. Nach einer Weile fanden sie einen schönen Platz auf der großen Wiese. Langsam wurde es dunkel, aber glücklicherweise war es ein milder Abend. Ewig würden sie hier trotzdem nicht bleiben können. Der Gedanke, dass Andy`s Wohnwagen nicht weit entfernt war, ließ ihr Herz einen kleinen Hüpfer machen. Gefolgt von Wehmut. Wollte sie ihm nicht heute die Wahrheit sagen? Andy breitete eine Decke aus und holte die Picknicksachen hervor. Heike staunte immer wieder, was es alles an veganen Lebensmitteln gab. An Fleisch und Würstchen hatte sie sich ja inzwischen gewöhnt, aber veganen Schafs- und Ziegenkäse hatte sie noch nie gesehen. Andy hatte ein paar Spieße mit Cocktailtomaten, veganem Feta und Basilikum vorbereitet, dazu kleine Schnittchen mit veganem Käse und Gurke, vegane Würstchen, Cracker und Frischkäse – zu guter Letzt zauberte er eine Flasche Rotwein hervor und drapierte alles in die Mitte der Decke. Er gab sich so viel Mühe. Heike`s Entschluss mit der Offenbarung schwankte. Vielleicht war heute doch kein guter Zeitpunkt. Während sie hier zusammensaßen, den Gedanken an den Wohnwagen im Hinterkopf, war sie sich auch ohnehin nicht mehr sicher, ob sie sich nicht doch anders entscheiden sollte. Andy griff einen Tomatenspieß und hielt ihn ihr hin.

„Guten Appetit! Und sorry nochmal wegen gestern! Ich wollte nicht, dass es dich so stresst!"

Heike nahm den Bissen in den Mund, er war superlecker. Sie schloss die Augen und wollte nicht mehr an den gestrigen Tag denken. Alles war gut, solange sie nur hier zusammensaßen. Nur er und sie und sonst gar nichts mehr.

„Heike, ich habe mich entschieden doch schon im November endgültig nach Klitmøller zu gehen!"
Heike wurde aus ihrer gemütlichen und in sich versunkenen Stimmung gerissen. Sie waren inzwischen bei Andy im Wohnwagen und lagen eng umschlungen nackt unter Andy`s Schlafsack. Sie hatten sich romantisch geliebt, es war nichts zu sehen gewesen außer ihren Körpern im Licht des kleinen Teelichts. Der Satz traf sie daher völlig unvermittelt und sie fühlte sich hin und hergerissen. „Warum denn schon?" murmelte sie nachdenklich, das ging irgendwie alles viel zu schnell. In zwei Wochen WAR November! Andy strich ihr liebevoll über den Arm.
„Es wird jetzt wirklich bald zu kalt hier – ich muss das Haus vorbereiten und noch ein paar Dinge mit Ole klären, bevor der Winter kommt!" Heike schloss die Augen und rutschte noch näher an ihn heran, ihren Kopf auf seinem Brustkorb. Sie wollte für immer so liegenbleiben. Nicht denken, nichts entscheiden, nur genießen. Warum musste sich die Welt immer weiterdrehen? Andy`s Hand blieb auf ihrem Unterarm liegen.
„Und du? Hast du dich entschieden?"

Sie wagte nicht zu atmen. Einfach nur liegen blieben, nicht denken, die Welt anhalten.

„Du bleibst hier, stimmts?"

Er rückte so von ihr ab, dass er ihr in die Augen sehen konnte. Heike erwiderte seinen Blick, sah direkt in sein vertrautes Gesicht, in die Augen, in denen sie noch immer versank. Dann senkte sie den Blick.

„Ich bin so glücklich mit dir, aber ich glaube ich kann das nicht."

Jetzt war es raus. Andy atmete langsam aus, erwiderte aber nichts. Die längsten Minuten in Heike`s Leben. Jetzt war er so enttäuscht und sauer, dass er nichts mehr mit ihr zu tun haben wollte, das ahnte sie. Tränen traten ihr in die Augen. Scheiße, warum konnte man nicht einfach alles haben, was einen glücklich machte? Warum schloss das eine das andere aus? Dann antwortete er „ich habe mir das schon gedacht. Es wäre ja auch ein ziemlich großer Schritt für die Kinder und dich!"

Heike strich ihm vorsichtig über die Brust.

„Du bist nicht sauer?"

Andy griff nach ihrer Hand.

„Warum sollte ich sauer sein? Du bist eine verheiratete Mutter und das wusste ich von Anfang an."

Das tat weh, immer wieder diese Erinnerung daran „was sie war" – sie war doch viel mehr als das – auch noch Heike.

„Nur weil ich mich in dich verliebt habe, heißt das ja nicht, dass du automatisch dein komplettes Leben und das deiner Lieben durcheinanderbringen musst! Im Gegenteil! Ich finde es bewundernswert, wie du das alles machst und zu ihnen hältst. Traurig bin ich schon, aber ich akzeptiere deine Entscheidung!"

Jetzt liefen Heike doch ein paar Tränen die Wangen herunter.

„Das ist nicht meine Entscheidung" schniefte sie „ich würde mich für beides entscheiden!"

Andy lachte leise und küsste sie auf die Stirn „ich weiß".

Die letzten beiden Oktoberwochen vergingen viel zu schnell. Heike stand völlig neben sich. Andy würde am dritten November mit Timo und seinem VW-Bus nach Dänemark aufbrechen. Sie hatten sich darauf geeinigt, dass Heike sich jederzeit noch umentscheiden und mitkommen konnte. Aber beide wussten, dass diese Übereinkunft mehr dazu diente mit der Situation besser zurecht zu kommen, weniger weil Heike dies wirklich tun würde. Trotzdem war es für Heike unvorstellbar, dass sie Andy in zwei Wochen vielleicht nie wiedersehen würde. Sie hatten noch eine gemeinsame Halloweenparty geplant – nachdem sie am späten Abend natürlich eine Halloween-Runde mit den Kindern gehen würde – und am Abreisetag würden sie sich dann zum letzten

Mal sehen. Unmotiviert quälte Heike sich durch den Alltag und ihre sämtlichen Pflichten. Selbst die Tatsache, dass sie wieder 2 kg verloren hatte, freute sie kaum. Markus bemerkte ihren Blick.

„Hey, das ist doch super! Ich hätte auch gerne 2 kg geschafft diese Woche!! Wieviel hast Du denn nun insgesamt?"

Heike sah ihn an, war aber nicht bei der Sache.

„33 kg" murmelte sie abwesend.

„Wow!" Markus starrte sie an „das ist doch genial! Wie hast du das geschafft?"

Heike lächelte matt.

„Das willst du gar nicht wissen".

„Nein?" Markus sah sie irritiert an „naja, wie auch immer – aber was ich definitiv wissen will: wie geht es denn Sabine? Grüß sie doch bitte von mir!"

„Das mache ich!" erwiderte Heike erleichtert und winkte ihm schnell zum Abschied zu.

„Sehe ich gruselig aus?"

Mattis hatte sich gewünscht, als Graf Dracula Halloween zu laufen.

„Ich auch??"

Hexe Jonna schnitt ein paar fiese Grimassen vor dem Spiegel.

„Auf jeden Fall!!" bestätigte Heike ihrem aufgeregten Nachwuchs „ich bin ja froh, dass ich euch kenne, sonst hätte ich Angst!"

Sie zwinkerte ihnen zu. Jonna zwinkerte zurück.
„Na dann ist es ja gut! Du bist aber auch echt gruselig, Mama!"
Heike lachte.
„Meinst Du immer oder nur heute?"
Die Kinder wollten sich ausschütten vor Lachen.
„Nee, nur heute!"
Mattis fühlte vorsichtig an Heike`s schwarzer Langhaarperücke. Heike hatte sich zum ersten Mal auch selbst verkleidet – natürlich als Vampirbraut – so konnte sie umso besser mit den Kindern laufen und war später sogar schon fertig für ihre Halloweenparty mit „Sabine". Sie trug ein enges schwarzes Kleid, welches bis zum Knie ging, mit Rüschen an den Ärmeln, dazu Netzstrümpfe und hohe schwarze Stiefeletten. Die Augen tiefschwarz geschminkt, schwarzer Lippenstift, ein paar Blutstropfen im Mundwinkel und eine altmodische Kette – sie hätte sich fast selbst nicht mehr erkannt! Wer war diese attraktive Frau im Spiegel? Jan kam aus dem Wohnzimmer und blieb anerkennend stehen.
„Wow, du siehst echt scharf aus!"
„Jan!"
Sie verdrehte die Augen, freute sich aber trotzdem.
„Habt Ihr Eure Tüten?" wandte sie sich an die Kinder, doch die standen schon angezogen an der Tür und warteten, dass es endlich losging. Heike küsste Jan

flüchtig auf die Wange, um keinen Lippenstift zu hinterlassen.

„Stellst Du nachher noch die Süßigkeiten für die Kinder raus, die hier klingeln? Ich habe ein paar Sachen besorgt!"

„Geht klar! Euch viel Spaß!"

Sie machten sich auf den Weg, um noch Britta und ihre Tochter Michelle abzuholen, dann konnte es losgehen!

Heike und Britta hatten viel Spaß mit den Kindern. Sie trafen viele andere Halloweengruppen, sammelten eine Menge Süßigkeiten und ihre drei waren zuletzt erschöpft, aber glücklich. Heike freute sich mit ihnen, hatte aber zusätzlich noch den Gedanken an die Halloweenparty mit Andy im Kopf. Warum konnten nicht alle Tage so sein? Tagsüber fröhliches Familienleben, abends spannende Party mit coolem Traumtyp. Schade, dass das wohl eine ziemlich revolutionäre Idee war. Heike schüttelte den Gedanken ab. Sie hatte Andy gesagt, dass sie ihn um 23.00 Uhr abholen würde. Die Halloweenparty fand in einem alten Wasserturm in Vahrenwald statt, da mussten sie mit ihrem Auto hinfahren.

Die Stimmung war seltsam in dieser Nacht. Die Tatsache, dass nun eigentlich feststand, dass sie sich bald nicht mehr sehen würden, drückte die

Stimmung, andererseits freute sich Heike, mit Andy auf so einer coolen Party zu sein. Alles war gespenstisch und gruselig dekoriert, Spinnennetze wurden vom gedämpften Licht beleuchtet, über die Grabsteine des nachgebauten Friedhofs waberten grüne Nebelschwaden. Dazu die wummernden Techno-Bässe. Heike war wieder einmal aus der Zeit gefallen. Außer Sabine und Sonja würde sie hier niemand vermuten. Der Gedanke ließ ein bisschen wehmütigen Stolz aufkommen. Das hier war ein besonderer Lebensabschnitt, in den sie ohne ihr Zutun gestolpert war und sie war unendlich dankbar für die aufregenden Erlebnisse. Gleichzeitig war sie auch unendlich traurig, dass diese Zeit nun zu Ende gehen sollte. Wie sollte es ohne Andy weitergehen? Wieder zurück in ihr alltägliches Leben ohne solche besonderen Momente? Oder doch noch schnell umschwenken und mit den Kindern nach Klitmøller ziehen? Aber auch dort würde sie irgendwann der Alltag einholen. Was würden die Kinder sagen und Jan würde es das Herz brechen, wenn sie die Kinder mitnähme. Nein, das konnte sie ihm nicht antun. Das hatten sie alle nicht verdient. Nur um selbst vermeintlich glücklich zu werden und eine spannende Zeit zu haben – wer wusste schon, ob es das am Ende wirklich wert sein würde. Gedankenverloren fuhr sie mit der Hand über den schwarzen Grabstein direkt neben ihr. Styropor. Sie musste fast grinsen – was hatte sie denn erwartet? Echte Gräber?

„Na Vampirlady, Blutdurst?"

Andy legte ihr von hinten die Arme um die Taille, küsste sie auf den Hals und raunte leise „Du siehst unglaublich scharf aus!"

Eine Gänsehaut lief ihr über den Rücken, vielleicht von seinem Atem oder doch von seinen Worten. Oder beidem. Sie war verloren in seiner Gegenwart und fühlte sich wie in einem Vampirroman, in dem die Frau hoffnungslos verliebt war in den mystischen geheimnisvollen Vampir. Sie drehte sich zu ihm und küsste ihn vorsichtig.

„Ich hätte Appetit auf Dich!" flüsterte sie und lächelte.

Sie genossen noch eine Weile die Atmosphäre. Andy hatte auf ein richtiges Kostüm verzichtet, trug aber ausnahmsweise eine schwarze Jeans, dazu einen langen schwarzen Mantel und hatte sich die blonden Haare noch viel mehr verstrubbelt als sie es ohnehin schon waren und sah wie immer umwerfend aus. Der Gedanke, dass ihre gemeinsame Zeit bald zu Ende ging, ließ sie sie noch intensiver auskosten. Sie wollten noch nicht zurück zum Wohnwagen, denn ab diesem Moment würde der Countdown zur Abreise beginnen. Heike war wie im Rausch. Die Musik, die Bässe, die Atmosphäre, die düsteren Kostüme der anderen Partygäste und tatsächlich die Gewissheit, dass sie selbst an diesem Abend von anderen als attraktive Frau gesehen wurde. Minutenlang vergaß sie, wer sie war und wo sie war. Sie fühlte sich als würde sie schweben. Nachdem sie lange getanzt hatten, brauchte sie allerdings eine Pause. Es ging schon auf 2.00 Uhr morgens zu, bald wollten sie aufbrechen zu ihrer letzten gemeinsamen Nacht. Da bemerkte sie auf ihrem Handy fünf Anruf in Abwesenheit. Dreimal Jan und zweimal Sabine. Alle aus den letzten zehn Minuten! Scheiße! Ihr wurde heiß und kalt! War etwas mit den Kindern? War eines ihrer Kinder vielleicht schwer verletzt, während sie sich hier in selbstsüchtigen Vampirträumen wiegte? Das schlechte Gewissen traf sie wie ein Faustschlag in den Magen. Die nackte Angst, sie wurde blass und rief sofort Sabine an.

„Da bist Du ja endlich!!"

Sabine`s Stimme überschlug sich beim Sprechen.

„Ich hab gesagt, dass ich Kopfschmerzen hatte und nach Hause musste und Du noch mit meiner Kollegin Marion auf der Party bist!! Es ist was mit Lotte!"

Lotte? Heike war verwirrt. Wer war Lotte?

„Jan sagt er muss mit ihr zur Tierklinik und er will die Kinder nicht allein lassen!"

Tierklinik? Kinder? Heike verstand überhaupt nichts. Verwirrt fragte sie „was ist mit den Kindern??"

Sabine schnappte nach Luft.

„Heike! Eurem HUND geht es schlecht! Mit den Kindern ist alles in Ordnung!! Bist du jetzt wieder klar?"

Der Hund! Jetzt war Heike wieder in der Gegenwart. Ein Stein fiel ihr vom Herzen, ihren Kindern ging es gut. Dann folgte die Sorge.

„Was ist mit Lotte? Ich komme sofort!"

Der Empfang war schlecht im Wasserturm, dazu die Bässe. Heike konnte Sabine nur schlecht verstehen.

„...die Schokolade.. Halloween!"

„Alles klar, Sabine, ich fahre los! Bitte ruf Jan an und sag ihm, dass ich in 30 Minuten da bin!"

Heike war schlecht, Andy brachte sie nach draußen.

„Was ist passiert?"

Heike atmete die kühle Luft ein, das tat gut. Ihre Gedanken sortierten sich. Sie würde das jetzt hinkriegen. Aber die Sorge um Lotte blieb.

„Unsere Hündin scheint sich über die Schale mit den Halloweensachen hergemacht zu haben und übergibt sich jetzt die ganze Zeit – Schokolade kann für Hunde tödlich sein. Wir müssen zur Tierklinik!"

Tränen traten in ihre Augen.

„Hey..." Andy zog ihren Kopf an seine Brust „alles wird gut werden, glaub mir! Fahr schnell hin, ich kann mit Öffis nach Hause!"

Heike schüttelte den Kopf.

„Das kann ich doch nicht machen..."

Andy hielt ihr einen Finger auf die Lippen.

„Keine Widerrede, ich bestehe darauf! Du musst dich beeilen!"

Heike hätte jetzt auch noch wegen ihrem letzten Abend heulen können.

„Aber wir wollten doch noch zu Dir… was ist denn das alles für eine Scheiße jetzt?"

Sie schluchzte.

„Alles wird gut! Hör zu, du fährst jetzt erstmal zu deiner Familie und kümmerst dich um alles. Wir sehen uns, wenn alles wieder gut ist!"

Entschlossen drückte er ihr einen Kuss auf den Mund und schob sie zu ihrem Auto.

November

*Zwei Dinge verleihen der Seele am meisten Kraft:
Vertrauen auf die Wahrheit und Vertrauen auf sich
selbst
(Seneca)*

Heike saß auf dem Sofa und streichelte und dankbar Lotte, die neben ihr lag. Sie hatte viel von der Halloweenschokolade gefressen die dumme Nuss, aber gottseidank hatte sie es überlebt. Zum einen war es vor allem Kinderschokolade gewesen, die wenig Kakao und somit wenig Theobromin enthielt, zum anderen hatte sich zum Glück relativ bald übergeben, so dass die Tierärztin nur noch wenige Dinge unternahm, um ihren Kreislauf zu stabilisieren. Sie bekam noch eine Infusion gegen den Flüssigkeitsverlust und gegen 5.00 Uhr morgens war Jan wieder mit ihr aus der Klinik zurück gewesen. Heike war nach dieser Nacht in einen tiefen Schlaf gefallen und erst am späten Nachmittag des ersten Novembers wieder aufgewacht.

Jetzt waren drei Tage vergangen und es war viel passiert. Heike musste erst einmal alles verarbeiten. Andy war weg. Sie wusste nicht, ob sie ihn jemals wiedersehen würde und fühlte sich emotional wie betäubt. Plötzlich war alles ganz schnell gegangen und sie hatten sich nach ihrem überstürzten Aufbruch bei der Halloweenparty nicht noch einmal sehen können. Sie konnten sich nicht verabschieden. Der Gedanke war so schrecklich, dass Heike ihn kaum ertragen konnte. Sie waren für den dritten November, seinem Abfahrtstag, verabredet gewesen. Am zweiten November war sie mit Jan und den Kindern bei Freunden in Göttingen zu Besuch, als sie plötzlich eine Nachricht von Andy bekommen hatte: „Liebe Heike, ich habe ein Problem. Timo will dringend noch heute Nachmittag losfahren nach Dänemark, er hat ein neues Auto in Aussicht und der Händler hat nur heute Nachmittag in Hamburg Zeit – sonst platzt der Deal. Es tut mir so leid, ich wollte Dich unbedingt noch sehen! Lass es uns sobald wie möglich nachholen!" Heike hatte nur ungläubig auf ihr Handy gestarrt. „Alles gut?" hatte Jan irritiert gefragt, als sie nur noch schweigsam auf die schön gedeckte Kaffeetafel von Michaela und Frank schaute. Sie hatte spontan eine leichte Magenverstimmung vorgetäuscht, damit die anderen sich nicht wunderten. Irgendwie hatte es ja auch gestimmt, ihr war bei Andy`s Nachricht speiübel geworden. Er war abgereist. Ohne Abschied.

Der November war trostlos. Heike ging motivationslos zu *ZFM*. Seit der Trennung war ihr der

Appetit komplett vergangen, so dass problemlos weitere Kilos verschwanden. Sie trainierte wie ein Zombie beim Tennis und brachte wie ein Roboter die Kinder zu Verabredungen, Hobbies und Arztterminen. In Gedanken war sie bei Andy. Ihrer gemeinsamen Zeit, jedem einzelnen gemeinsam verbrachten Moment und immer wieder der Frage, ob ihre Entscheidung ihn zu verlassen, richtig gewesen war. Sie konnte sich selbst kaum noch leiden. Sabine versuchte sie in ihrer Trauer zu unterstützen, aber sie kam kaum an sie heran. Zudem hatten Sebastian und sie immer häufiger Streit und sie wusste nicht was los war. Dass Heike ihr in ihrem Zustand keine große Hilfe war, war ganz klar und es war auch in Ordnung. Dennoch hatte die allgemeine Stimmung bei beiden eindeutig viel Luft nach oben. Mitte November hatte Jonna eine Ballettaufführung, zu der Sabine Heike begleitete. „Trinken wir einen Sekt?" versuchte sie ihre Freundin aufzumuntern, als Heike wieder einmal nahezu teilnahmslos im Foyer der Ballettschule stand. Sie hatten feste Plätze und noch genug Zeit. Energisch schob Sabine Heike zu einem der Stehtische.

„So, jetzt reicht es aber! Du bleibst jetzt hier stehen und ich hole uns was zu trinken!"

Sie ging rüber zum Tresen und kehrte kurz darauf mit zwei Sektgläsern und zwei sehr appetitlich aussehenden bunt dekorierten Cake Pops zurück.

„Jetzt feiern wir erstmal UNS BEIDE! Sch... doch auf die Kerle! Und danach gehen wir rein und feiern deine Tochter!"

Heike lächelte sie traurig, aber dankbar an. Was würde sie nur ohne Sabine machen.

Die Ballettaufführung war wirklich schön und Jonna kam anschließend aufgeregt zu ihnen gelaufen.

„Habt ihr mich gesehen??" wollte sie aufgeregt wissen „zweimal hab ich mich vertanzt, aber Marike auch und dann hat Finja geniest und wir mussten lachen und trotzdem wussten wir noch, an welcher Stelle wir waren und Madame Moreau hat gesagt das macht nichts, aber dann..."

„Stopp, stopp, stopp, das ist ja schrecklich..."

Heike umarmte ihre überdrehte Tochter lachend.

„Ihr wart wirklich super! Ganz toll! Es hat uns sehr gut gefallen!"

Jonna sah von einer zur anderen.

„Wirklich?"

„Auf jeden Fall!" bestätigte Sabine und hob anerkennend den rechten Daumen. Jonna strahlte über das ganze Gesicht.

„Ich muss hinter die Bühne, wir wollen uns noch verabschieden!"

Und weg war sie. Sabine sah Heike lächelnd an. Heike wusste was dieser Blick sagte. Alles war gut. Und alles war richtig, wie es war. Jetzt musste es sich nur noch so anfühlen.

„Ich komme heute Abend mit zu *ZFM*!" verkündete Sabine unerwartet. Heike sah verwundert auf.
„Willst Du dich wieder anmelden?"
„Nee, Quatsch" wehrte Sabine ab „aber sie hat ja gesagt, dass man sechs Monate nach der Abmeldung noch zum Wiegen kommen darf!"
Heike fragte sich zwar, was an der Waage beim Treffen besser war als an Sabine`s Waage zuhause, aber sie freute sich über die Begleitung. Und Markus freute sich, Sabine wiederzusehen.
„Hey, was machst Du denn hier?"
Sabine umarmte ihn herzlich und Heike fragte sich, ob sie schon immer so vertraut miteinander gewesen waren, aber Sabine war ja ohnehin ein sehr offener und herzlicher Mensch. War ihr vermutlich nur nie aufgefallen. Sabine hatte ihr Gewicht gehalten. Leider oder gottseidank. Zumindest war es nicht mehr geworden, das war ja auch schon mal was. Heike traute ihren Augen kaum. Sie hatte sich nun gar nicht mehr um die Waage gekümmert und war froh, dass sie aus ihrem tiefen Loch zumindest ein wenig herauszukommen schien. 84 kg! Nur noch 9 kg bis zu ihrem Ziel! Sie hätte sich in ihrem ganzen Leben nicht vorstellen können, dass SIE, Heike Neumann, es einmal schaffen würde, so viel

abzunehmen! Ok, sie hätte es sich auch nie vorstellen können, mit einem 17 Jahre jüngeren Aussteiger durchzubrennen. Das eine hing nicht ganz unwesentlich mit dem anderen zusammen. Zum Glück wusste das niemand. Sie zog Sabine am Ärmel, tippte auf ihren Eintrag auf der Karte und grinste wie ein Honigkuchenpferd.

„Guck mal!!"

Sabine grinste ebenfalls wie ein Honigkuchenpferd, auch wenn Heike nicht so recht deuten konnte weswegen.

„Klasse!" nickte sie ihr anerkennend zu. Dann war sie auch schon wieder in das Gespräch mit Markus vertieft.

Abends schrieb sie noch immer mit Andy. Manchmal länger, manchmal nur kurz. Das Wichtigste vom Tag, hab dich lieb, ich vermisse dich. Aber es war anders. Die Entfernung war so groß und stand wie ein Fels zwischen ihnen. Die Gewissheit, den anderen nicht „mal eben" sehen zu können und womöglich nie wieder, war nur schwer zu ertragen. Und dennoch musste der Alltag bei beiden weitergehen. Andy kümmerte sich viel um den Shop und sein Haus, Heike kümmerte sich um die Familie und ging zur Arbeit. Sie feierte Mattis` 7. Geburtstag, buk Muffins für den Judo-Wettkampf, fuhr mit Lotte zum Impfen, ging mit Sabine in die Sauna. Es ging ihr inzwischen etwas besser, und gleichzeitig frustrierte es sie auch, dass es ihr besser ging. Sie wollte eigentlich gar nicht, dass die Zeit vorbei und vergessen war. Aber wenn Andy schrieb „ihr könnt jederzeit zu mir ziehen" sperrte sich trotz aller Gefühle für ihn etwas in ihr. Sie wusste selbst nicht so recht was los war. Und so beschloss sie, sich in möglichst viel Arbeit zu stürzen, um nicht zu viel zu grübeln. Dann riss ein unerwarteter Abend sie aus ihrer Lethargie.

Sabine und Heike hatten gerade ihre Gerichte verspeist und die Bedienung räumte die Teller ab, da bestellte Sabine – wieder einmal – zwei Gläser Sekt. Was gab es denn diesmal zu feiern? Als die Gläser vor ihnen standen, hob Sabine ihr Glas, deutete Heike ihres auch zu heben und verkündete feierlich „auf die Freiheit!"
Heike prostete ihr zu und nahm einen Schluck, trotzdem verstand sie nur Bahnhof. Dass es ihr wegen Andy noch nicht allzu gut ging, wusste Sabine. Da wäre es taktlos gewesen anzustoßen. So taktlos war Sabine nicht. Aber was war es dann?
„Sebastian hat sich von mir getrennt! Er zieht nächste Woche zu seiner Kollegin! Sie ist übrigens 28."
Heike verschluckte sich fast an ihrem Sekt.
„Er hat bitte WAS???"
Sabine grinste.
„Jetzt bist Du wach, oder?"

Heike starrte sie an.

„Ich verstehe nicht - was war denn, warum denn und warum geht es dir nicht schlecht?"

Sie war völlig durcheinander.

Sabine seufzte.

„Ach weißt Du, es hat doch alles keinen Zweck! Wir hatten uns schon so lange auseinandergelebt und ich habe selbst auch schon oft gezweifelt, ob das alles so richtig ist. Naja - jetzt hat er die Entscheidung selbst getroffen!"

Heike konnte es nicht fassen. Was war mit ihrer Freundin passiert?

Sie war sich sicher gewesen, dass sie im Falle einer Trennung ein Häuflein Elend gewesen wäre – und jetzt bestellte sie Sekt?

„Die Jungs und ich bleiben im Haus" fuhr Sabine fort „er hat ein schlechtes Gewissen, weil er sich von mir trennt und da sie selbst von ihren Eltern ein Haus geschenkt bekommen hat und er ein gutes Gehalt hat, braucht er unser Haus nicht!"

Heike bekam große Augen. Das wurde ja immer besser! Insgeheim sah sie sich weiter unter dem großen Sonnensegel im Garten sitzen. Sie verscheuchte den Gedanken. Nicht sehr empathisch. Aber Sabine schien es wirklich sehr gut zu gehen. Wenn Sabine das konnte, dann würde sie die Kurve auch kriegen!

Dezember

An den wichtigsten Scheidewegen des Lebens stehen
keine Wegweiser
(Charlie Chaplin)

„Wie wärs mit Silvester am Meer?"
Jan riss Heike aus den Gedanken. Sie saßen vor dem Fernseher, die Kinder waren schon im Bett, der Tatort lief und Heike packte am Esstisch ein paar Kleinigkeiten zu Nikolaus ein, der in der Nacht kommen würde. Mattis hatte mit Feuereifer alle Schuhe geputzt, die er finden konnte, Jonna hatte ihre Stiefel mit einem halb-wissenden, halb-misstrauischen Blick auf Heike aufgestellt, sich aber natürlich doch gefreut. Heike musste lächeln bei dem Gedanken. Dann besann sie sich.
„Wie? Am Meer?" fragte sie misstrauisch. Andy hatte ihr gestern erst geschrieben, dass er wünschte sie wäre bei ihm am Meer. Ob Jan etwas wusste? Aber er scrollte nur auf seinem Tablet herum.
„Mein Kollege hat dort eine Ferienwohnung in List auf Sylt, kann nun aber selbst nicht fahren! Er hat gefragt, ob wir Lust haben! Winter und Silvester auf Sylt? Wie wärs?"
„Echt? Das wäre echt klasse!" freute sich Heike „ist das denn bezahlbar?"

Jan grinste sie an.

„Florian macht uns einen Freundschaftspreis! Ich habe ihm ein paar Mal bei seinem Projekt geholfen!" Heike lachte „Wie cool, ja, unbedingt! Die Kinder werden begeistert sein! Ich natürlich auch!"

Heike konnte es nicht fassen – Silvester am Meer! Das war endlich mal wieder eine tolle Aussicht! Und was es sogar noch viel besser machte - es gab dadurch nun vielleicht doch eine Möglichkeit, Andy noch einmal zu sehen! Das hatte sie gar nicht zu hoffen gewagt, schließlich war Klitmøller weit weg von Sylt. Sie hatte ihm geschrieben, dass sie Silvester zumindest auch „am Meer" sei und sie sich imaginär „zuwinken" könnten – da kam auch schon seine Antwort: „Sylt? Die Verbindung von List nach Rømø ist perfekt – dann können wir uns am ersten Januar am Hafen in List treffen, da wohnt ein Kumpel von mir!"

Aber erstmal gab es noch viel zu tun. Der erste Schuljahrgang führte ein Weihnachtsmärchen auf und Heike musste allen Ernstes ein Zwergenkostüm nähen – sie und nähen! Sie konnte nicht mal einen Knopf annähen! Aber es gab eine genaue Anleitung und auch das Material hatte die Lehrerin zur Verfügung gestellt. Dann half sie Sabine dabei, ihr Schlafzimmer umzugestalten. Nachdem Sebastian mehr oder weniger Hals über Kopf auszogen war, war Sabine dann doch ein wenig angeschlagen gewesen, so cool sie auch immer getan hatte. Tatkräftige Unterstützung beim Renovieren hatten sie auch in Markus gefunden, der nun auffallend häufig bei Sabine zuhause auftauchte. Heike grinste Sabine frech an.

„Das ging aber schnell!"

Sabine wurde rot, wehrte aber vehement ab.

„Da ist nichts!! Wir mögen uns nur!"

„Schon klar." nickte Heike übertrieben verständnisvoll, wandte sich dann aber ab, damit Sabine ihr breites Grinsen nicht sehen konnte. Sie war ein bisschen neidisch. Andy weit weg und Sabine schien das Glück nun einfach zuzufallen. Quatsch, schalt sie sich. Ihr Mann hat sie gerade verlassen, das ist ja wohl kein Glück und Sabine war vermutlich einfach nur dankbar, dass sie und Markus für sie da waren. „Du bist echt bescheuert" warf sie sich selbst an den Kopf „du musst echt zusehen, dass du wieder in die Spur kommst". An Neujahr vielleicht, dachte sie dann.

Heike liebte die Vorweihnachtszeit. Sie buk mit Begeisterung Kekse, achtete dieses Mal aber darauf, dass auch eine kalorienarme Variante dabei war und natürlich auch darauf, dass sie selbst nur ein paar Plätzchen genoss und nicht wie früher schüsselweise.

Sie hatte nun 81 kg erreicht und wartete sehnsüchtig auf den Moment, in dem eine sieben vor dem Komma stehen würde. Sie googelte neue Rezepte in allen möglichen Varianten – oder auch einfach nur Begriffe wie Weihnachtskaffee. Wenn sie dann gemütlich mit Sabine zusammensaß, vergaß sie manchmal Andy für kurze Zeit. Dann war sie wieder ganz bei sich selbst und im Hier und Jetzt. Dadurch, dass die Stimmung nun ganz anders war als den Sommer über - es war dunkel und kalt und sie war wenig draußen – erinnerte nicht mehr alles an ihre Zeit mit Andy. Darüber war sie froh. Sie dekorierte das Haus weihnachtlich und freute sich auf die Feiertage. Dennoch wäre es nach wie vor unvorstellbar gewesen, an Andy`s ehemaligem Wohnwagenstellplatz vorbei zu gehen, das hätte sie nicht ertragen. Aber natürlich fiel sie trotz allem immer wieder in die Erinnerung zurück und seine abendlichen Nachrichten machten dies nicht unbedingt besser. Es gab inzwischen einzelne Abende, an denen sie sich nicht schrieben und Heike wusste nicht, ob sie darüber froh oder traurig sein sollte. Wenn sie abgelenkt war, war sie sogar froh, nicht über den Verlust trauern zu müssen. Wenn ihr aber dann wieder bewußt wurde, was sie nun nicht mehr hatte, traten ihr immer wieder die Tränen in die Augen. Immer wieder zerbrach sie sich dann den Kopf, ob sie vielleicht doch nur zu feige war, mit den

Kindern nach Dänemark zu gehen. Aber irgendwie war es ganz eindeutig, dass das nicht die Option war. Da wie immer viel zu tun war in den letzten Tagen und Wochen vor Weihnachten, verging die Zeit zum Glück schnell. Sie besorgte Geschenke für die Kinder, bastelte Fotokalender für die Großeltern, kümmerte sich um das Weihnachtsmenü und den Christbaumschmuck – Jan und sie hatten es sich angewöhnt jedes Jahr eine andere Dekoration auszusuchen und dieses Jahr war sie an der Reihe sie zu besorgen. Das Weihnachtsmärchen von Mattis war sehr gelungen und sie verbrachten einen stimmungsvollen Adventsnachmittag mit Jonna`s Ballettgruppe. Ruckzuck stand Weihnachten vor der Tür. Und es war nur noch etwas über eine Woche bis Silvester.

Am Zweiundzwanzigsten Dezember ging sie traditionell mit Sabine auf den Weihnachtsmarkt an der Marktkirche. Besonders der finnische Weihnachtsmarkt in der Altstadt begeisterte die beiden schon seit vielen Jahren. Heike wartete um 17.00 Uhr am Eingang der Marktkirche. Wie immer wurde es nach Einbruch der Dunkelheit ziemlich voll. Heike`s Blick streifte über die Menschen und die Buden. Sie mochte die trotz des Trubels besinnliche Stimmung, die Menschen, die sich gut gelaunt auf ein paar schöne Weihnachtstage freuten, die leckeren

Gerüche. Schade, dass sie nicht mit Andy hier sein konnte. Sie hatte ihn erst im April kennengelernt und so hatten sie nie gemeinsam die Weihnachtszeit verbringen können. Da sah sie Sabine winkend auf sie zukommen. Sie umarmten sich herzlich.

„Same procedure as last year?"

Sabine stieß einen erleichterten Seufzer aus und sah auf die vielen bunten Buden.

„Same procedure as every year!" strahlte Heike und freute sich schon auf den Flammlachs. Die beiden zogen los. Es war langsam so voll, dass man nur noch schleichen konnte, aber das machte nichts. Sie hatten keine Zeitnot und keine Termine. Jan war bei den Kindern und Heike freute sich, einfach nur abzuschalten. Bestimmt würde sie nach Flammlachs und Glühwein noch eine nette Christbaumkugel oder eine selbstgemachte Kerze finden. Andy hin oder her – dies war ihr gemeinsamer Abend. Als sie den leckeren Flammlachs gegessen hatten, standen sie mit einem Heidelbeer-Glögi am Feuer und sinnierten über das vergangene Jahr. Es war für Dezember ungewöhnlich kalt, minus drei Grad - für den Hannoveraner schon ein Grund, langsam über sibirische Fellstiefel nachzudenken. So stand es sich noch gemütlicher mit dem Glögi am Feuer.

„Was ist denn jetzt mit Andy und dir? Hast du dir überlegt, wie es weitergehen soll?"

Sabine hielt ihre Tasse zwischen beiden Händen und blickte verträumt ins Feuer. Heike seufzte. Es tat gut, dass jemand sie daran erinnerte, dass es weiterhin ihre Entscheidung war und es noch nicht zu spät war. Trotzdem wusste sie auch, wie ihre Entscheidung aussah.

„Ich werde hierbleiben mit den Kindern. Bei Jan."

Sabine sah sie verwundert an.

„Wirklich?"

Heike wurde unruhig, war das vielleicht doch die falsche Entscheidung? Oder warum fragte Sabine so komisch? Sie nahm sich ein Herz und hakte ängstlich nach.

„Meint du das ist falsch?"

Sabine schob den Glühwein etwas von sich und blickte sie vorwurfsvoll an.

„Natürlich nicht, du Dummerchen! Ich glaube sogar, es ist sehr richtig! Übrigens bin ich persönlich betroffen, hast du das vergessen? Ich mache mir seit Wochen Sorgen, ob ich meine Freundin an die Dänen verliere!"

Heike lachte erleichtert auf.

„Ach so... ja stimmt, irgendwie bist du ja sogar auch beteiligt!"

„IRGENDWIE auch!?? Jetzt gibt's aber gleich Ärger!"

Heike lachte laut auf und hob beschwichtigend eine Hand

„ist ja schon gut, ich glaub es ja!"

Sabine grinste und nahm einen Schluck Glögi zur Beruhigung.

„Ich bin nur erstaunt, dass du dir so sicher bist und das einfach so hinkriegst. Ich weiß doch wie sehr du an Andy hängst!"

Heike senkte den Blick.

„Ja, das stimmt schon. Es fällt mir auch wirklich nicht leicht. Aber die Vorstellung das Jan und den Kindern anzutun, nur um mich selbst zu verwirklichen – und wer weiß wie ein Alltag mit Andy werden würde... das geht einfach nicht. Ich habe es unendlich oft hin und her überlegt und es ist ganz eindeutig."

Sabine lehnte sich mitleidsvoll an ihre Schulter, sie sahen beide aufs Feuer.

„Du machst das genau richtig, glaub mir!"

Heike war froh, so eine gute Freundin zu haben.

Der Abend endete dennoch völlig anders als geplant. Nachdem sie noch etwas weiter gebummelt waren und neben Christbaumschmuck, gebrannten Mandeln und Kerzen auch noch Himbeeressig und Walnussöl in dem kleinen Laden gegenüber der Marktkirche erstanden hatten, sagte Sabine, dass sie noch einmal kurz zur Marktkirche müsse, um etwas abzuholen. Sie liefen also zur Eingangstür und Heike staunte nicht schlecht, als sie dort niemand anderer erwartete als Markus, der Sabine zur Begrüßung auf den Mund küsste. Dann strahlte er Heike an.

„Hey, schön Dich zu sehen!"

Die Weihnachtstage waren sehr schön, wenn auch turbulent durch die verschiedenen Familienfeiern, der Bescherung mit den Kindern und mittendrin noch Lotte, die selbst begeistert ihre Geschenke aufriss. Sie hatten Jan`s Schwester mit Familie zum Essen eingeladen. Trotz allem Trubel war es weihnachtlich und stimmungsvoll. Als sie am zweiten Feiertag zufrieden mit den Resten von Menü und Dessert vor den Fernseher sanken, um gemeinsam Traumschiff zu schauen, stellte sie ihr Handy auf Flugmodus. Sie konnte jetzt keine Nachricht von Andy ertragen. Es würde zu weh tun und dann beides kaputt machen. Den Gedanken und die Erinnerung an ihn und genauso auch das Familienfest. Es gab Dinge, die passten einfach niemals zusammen.

Ein paar Tage nach Weihnachten war es soweit: Schon gegen neun Uhr am Morgen saßen sie alle im Auto und starteten ihre Reise ans Meer. Heike hatte ein flaues Gefühl im Magen. Vorfreude auf Meer und Familienzeit, aber auch auf das Treffen mit Andy nach ganzen zwei Monaten. Schon zwei Monate ohne ihn – sie konnte sich gar nicht erklären wie sie das geschafft hatte. Sabine genoss ihre neue Zweisamkeit mit Markus und es verging kaum ein Tag, an dem sie Heike nicht für den Entschluss dankte, gemeinsam zu *ZFM* gegangen zu sein, da sie Markus sonst niemals kennengelernt hätte. Heike hatte sich sehr bemüht, Weihnachten nicht zu sehr über die Stränge zu schlagen und hatte ihr Gewicht von 80 kg zumindest gehalten. Noch immer ließ die sieben auf sich warten. Aber sie war fest entschlossen! Tanja hatte Weihnachten ihr Kleid gelobt und sie gefragt, wie sie es geschafft hatte so unglaublich abzunehmen. Heike hatte sich erfreut bedankt, konnte ihr aber außer von den Gruppentreffen leider keine Details nennen – und grinste heimlich in sich hinein. Schlechtes Gewissen, klar – aber was die Abnahme anging, war es irgendwie doch lustig. Oder hätte sie ihrer Schwester vielleicht doch sagen sollen, dass man mit viel Sex mit einem Surflehrer einfach wie von selbst abnahm und sie das wirklich empfehlen konnte? Vielleicht später mal, wenn alles Geschichte war. Nun war sie nicht nur auf dem Weg, ein Jahr gemeinsam mit ihrer Familie abzuschließen, sondern auch einen ganz besonderen Abschnitt ihres Lebens für immer zu beenden. Es fiel ihr leichter, seit sie sich ganz sicher war, dass es so und nicht anders richtig war und sein musste.

Als sie das erste Mal in diesem Urlaub zum Strand kamen, war sie überwältigt von Meer und Dünen. So schön hatte sie es gar nicht mehr in Erinnerung gehabt. Jonna und Mattis liefen kreischend über den Strand und spielten Möwen, Jan und sie schlenderten mit Lotte hinterdrein. Der Wind war kalt, aber die Sonne schien und die Meeresluft war herrlich Das sollte man viel öfter machen, dachte Heike glücklich. Es ist so schön hier. Jan schien dasselbe zu denken, denn plötzlich sagte er unvermittelt „ich kann Florian eigentlich auch mal wegen der Sommerferien fragen – er ist ja nie die ganzen sechs Wochen hier!"

„Das wäre super" schwärmte Heike „ich könnte jetzt schon bis zum Sommer bleiben!"

Jan lachte und küsste sie auf die Wange.

„Wie wärs mit Käse-Fondue heute Abend?"

Heike lief das Wasser im Mund zusammen bei dem Gedanken. Fast schon hatte sie gar keine Lust mehr in zwei Tagen Andy zu treffen. Fast.

Januar

Dies über alles: sei Dir selber treu
(William Shakespeare)

Am Neujahrsmorgen traute Heike ihren Augen kaum: die Waage in der Ferienwohnung zeigte 79,1kg an! Ob sie vielleicht nur anders ging als ihre zuhause? Aber das konnte ja nicht sein, sie hatte sich ja bei ihrer Ankunft auch hier gewogen und es war identisch zu ihrem Gewicht zuhause gewesen. Das konnte nur bedeuten, dass sie es endlich geschafft hatte! Sie war unter 80kg! Zum ersten Mal, seit sie 25 war! Euphorisch lief sie zu Jan ins Wohnzimmer.
„Stell dir vor, ich habe es geschafft!!"
Jan streckte lachend zwei Daumen in die Luft.
„Super mein Schatz! Aber weißt Du was? Du warst im Bad nicht zu überhören!"

Der Silvesterabend war sehr schön gewesen – natürlich mit Raclette – aber Heike hatte sich bemüht ihre Pfännchen fast ausschließlich mit Gemüse zu füllen und nur wenig Käse darüber zu streuen. Die Mühe schien sich gelohnt zu haben. Sie war seit Tagen so in ihrer heilen Welt versunken, dass ihr gar nicht aufgefallen war, dass sie für den Abend noch ein „Alibi" brauchte. Eigentlich war das jetzt auch alles blöd. Jetzt, wo sie sich endgültig für Jan entschieden hatte, konnte sie auch wirklich nicht noch nachträglich Ärger brauchen. Doch der Zufall kam ihr zur Hilfe.

„Wollen wir heute Abend vielleicht was von Gosch holen?" fragte Jan plötzlich „ich hab keine Lust schon wieder zu kochen.

Heike fiel auf, dass sie sich langsam etwas einfallen musste, wo sie am späten Nachmittag wäre – sie hatte sich um 17.00 Uhr mit Andy am Lister Hafen verabredet. War da in der Nähe nicht auch Gosch?

„ja, super Idee, ich kann es holen" bot sie sich darum schnell an.

„Wir können doch mit den Kindern zusammen hinlaufen!"

Jan sah sie irritiert an. Noch bevor Heike antworten konnte, nölte Jonna „neee, keine Lust! Heute gibt es doch endlich Ostwind!"

Heike tat unbeteiligt, aber innerlich raste ihr Herz. Puh, das war gerade nochmal gutgegangen.

„Gar kein Ding, ich würde sowieso gerne mal eine Runde spazieren gehen ohne die Kinder – den Kopf frei kriegen, du weißt schon!"

Sie lächelte Jan offen an und es war absolut ehrlich gemeint. Sie wollte wirklich den Kopf frei kriegen und diesen Tag nutzen für das gemeinsame Leben mit ihm und den Kindern.

„Na gut, kein Problem, ich wollte sowieso noch mein Buch durchkriegen".
„Ich bin dann um 19.00 Uhr zurück mit dem Essen!"

19.00 Uhr – war sie völlig verwirrt gewesen? Dann hatte sie abzüglich des Weges und Essen holen ja nur knapp eineinhalb Stunden mit Andy. Andererseits, wie hätte sie ein längeres Wegbleiben in Kälte und Dunkelheit sonst auch erklären sollen? Die Kinder mussten zeitig Abendessen, einen dreistündigen Spaziergang würde ihr wohl ohnehin niemand abnehmen und letztlich hätten auch fünf Stunden mit Andy niemals gereicht. Es half alles nichts. Eineinhalb Stunden mussten reichen. Jetzt war sie sich plötzlich doch unsicher, ob alles wirklich so richtig war.

Als Heike zum Treffpunkt Am Fähranleger kam, sah sie Andy schon von Weitem mit dem Rücken zu ihr stehen. Er sah auf das Meer und bemerkte sie nicht. Er hatte sich nicht verändert, natürlich nicht, aber er kam ihr trotzdem ungewohnt fremd vor nach zwei Monaten der Trennung. Beinahe schon schüchtern trat sie von hinten näher.
„Hey!"
Er drehte sich auf dem Absatz um und strahlte sie an.
„Heike!"

Er strahlte über das ganze Gesicht und umarmte sie fest. Sie drückte ihn an sich und lehnte ihr Gesicht an seinen Brustkorb. Ihr waren Tränen in die Augen getreten, sie konnte es nicht verhindern. Er schob sie ein Stück von sich und küsste sie.

„Ich kann es kaum glauben Dich zu sehen! Du siehst klasse aus! Du hast noch mehr abgenommen, oder?"

Heike freute sich über das Kompliment und war überglücklich, Andy nach so langer Zeit wiederzusehen.

„Du siehst auch gut aus" murmelte und lächelte verlegen. „Was machen wir?"

Andy sah sich um – heute am ersten Januar war nicht so viel los wie sonst – vermutlich mussten alle ihren Rausch ausschlafen.

„Ich habe leider nicht so lange Zeit!"

Heike traten schon wieder Tränen in die Augen und sie hasste es. Wie sollte sie denn so den Abschied überstehen. Sie wusste nicht was sie sagen sollte, lehnte sich einfach nur an ihn und sah gedankenverloren auf das Hafenbecken. Es war dunkel, sie spürte die kalte Luft auf ihrem Gesicht und die Wärme, die von Andy ausging. Das Geräusch des Wassers beruhigte sie, sie wollte jetzt auf keinen Fall losheulen.

„Hey, einen Euro für Deine Gedanken!"

Andy stupste sie sanft und küsste sie auf die Stirn.

Sie blieben einfach dort zusammen am Hafen sitzen. Kein Kaffee der Welt wäre es wert gewesen, ihre letzten gemeinsamen Minuten zu verschwenden.

Die gemeinsame Zeit verging leider viel zu schnell. Heike ahnte, dass es bereits viel zu spät war und erschrak dann doch: 19.00 Uhr! Sie wollte jetzt mit dem Essen zurück sein und saß immer noch mit Andy am Hafenbecken. Es war kalt, aber durch die Nähe und ihre dicken Sachen war es ihr gar nicht so aufgefallen.
„Scheiße" murmelte sie frustriert „ich muss los – eigentlich hätte ich jetzt schon da sein sollen!"
Schnell tippte sie eine Whatsapp an Jan, dass es bei Gosch sehr voll war und es etwas dauerte – sie verrenkte den Kopf in Richtung Restaurant. Vielleicht stimmte das ja wirklich. Aber es war zu weit weg, um es zu erkennen.
Andy stand auf.
„Na los, das macht es jetzt ja auch nicht besser, wenn Du noch Ärger kriegst! Ich werde dann jetzt auch los zu Thorge, der macht extra für mich veganen Auflauf!"

Heike seufzte und erhob sich ebenfalls. Hundert Meter vor Gosch blieben sie stehen. Heike sah Andy an.
„War es das jetzt? Sehen wir uns nie wieder?"

Andy drückte sie an sich und sie legte ihren Kopf an seine Brust.

„Wer weiß das schon! Aber eins weiß ich ganz sicher: ich werde die Zeit mit Dir niemals vergessen!"

Heike sah ihn an und er fuhr mit dem Zeigefinger die Linie von ihrer Stirn zu ihrer Nasenspitze nach.

„Aber eins musst Du mir versprechen! Vergiss nie wieder, an Dich selbst zu denken! Du bist etwas ganz Besonderes!"

Heike sah ihn lange an und erwiderte „ich werde Dich auch nie vergessen!"

Heike saß noch bis spät in die Nacht vor dem Kamin in ihrer Ferienwohnung. Sie konnte nicht glauben, dass die Zeit mit Andy für immer vorbei war. Aber sie konnte sich auch keine Alternative vorstellen. Sie dachte an das vergangene Jahr - wie sie sich kennengelernt hatten, ihre gemeinsame Zeit, die Treffen am Maschteich, im Wohnwagen, die Parties, die Stunden am See und auch die Woche in Dänemark. Lauter besondere Momente und nun für immer Vergangenheit. Sie hatte sich sehr verändert in diesen Monaten. Nicht nur äußerlich, denn 41 kg waren eine Menge, sie war viel selbstbewusster geworden und hatte angefangen, sich für eigene Dinge zu interessieren. Tennis mit Sabine war das eine, zum anderen hatte sie sich vorgenommen, einen Aquarellmalkurs zu besuchen. Jan unterstützte sie darin, inmitten von Kindern und Chaos ab und zu Zeit für sich selbst zu finden und ließ keine Gelegenheit aus, ihr zu sagen, wie attraktiv und selbstbewusst sie nun wirkte. Er hatte sie genauso mit 120 kg geliebt, aber sie freute sich dennoch über die Komplimente. Tatsächlich war sie sehr glücklich mit ihrer schlanken Figur, auch wenn niemand jemals erfahren durfte, wem sie diesen Erfolg zum größten Teil zu verdanken hatte. Es war, als hätte ihr das Schicksal eine besondere Begegnung geschenkt, um ihr zu zeigen, was sie noch alles in ihrem Leben erleben und erreichen konnte. Dafür war sie sehr dankbar. Jetzt musste sie nach vorne schauen. Ihr Handy vibrierte, obwohl es schon halb 3 in der Nacht war. Sabine. „Ich freue mich schon auf unseren nächsten Kaffee, komm bald wieder!"

Februar

Life ist not measured by the number of breaths wie take, but the moments, that take our breath away.
(Maya Angelou)

Im Februar war Heike langsam wieder im Alltag angekommen. Sie konnte selbst nicht richtig verstehen, wie es ihr gelungen war, nicht täglich an Andy zu denken und der Zeit mit ihm nachzutrauern, aber es funktionierte. Sie traf sich regelmäßig mit Sabine beim Tennis und ging inzwischen einmal pro Woche zum Aquarellkurs, der ihr viel Freude machte. Sie hatte schon immer gerne gemalt, sich aber immer für zu untalentiert gehalten. Jetzt hatte sie schon unglaubliche Fortschritte gemacht und wollte den Kurs auf jeden Fall weitermachen. Auch bei *Zeit für mich* hatte sie weiter Fortschritte gemacht. Sie hatte zwar nur noch zwei weitere Kilos abgenommen, aber mit inzwischen nur noch 77 kg war sie fast bei ihrem Zielgewicht angekommen und freute sich unglaublich darüber. Noch vor einem Jahr hätte sie es nicht für möglich gehalten, dass sie auch nur 5 kg schaffen würde! Sabine und Markus waren sehr verliebt und Markus nun oft bei ihr im Haus. Heike gönnte es ihnen von Herzen und musste manchmal sogar schmunzeln, wenn sie sich an ihre ersten

Monate mit Andy erinnert fühlte. Es tat zwar auch ein bisschen weh, aber dennoch war es eine der schönsten Erinnerungen, die sie hatte. Was ihr jetzt gut tat, war die Tatsache, endlich nicht mehr lügen zu müssen. Egal was sie tat, sie brauchte keine Ausreden, keine Alibis und niemals musste sie ein schlechtes Gewissen haben. Das war ein schönes und erleichterndes Gefühl. Jan und sie unternahmen wieder öfter etwas zusammen und ihr wurde immer bewusster, dass ihre Liebe zu ihm echt war und viel mehr bedeutete, als sie es selbst befürchtet hatte. Sie fühlte sich viel glücklicher in der Beziehung, seit sie auch öfter etwas getrennt voneinander unternahmen. Als Mattis während einer Tennis-Übertragung plötzlich sagte „Wow, cool, Mami, bist Du das?" mussten sie lachen und Jan sagte grinsend „ach was, das ist doch nur Serena Williams – Mami ist viel cooler!"

April

Add life to your days, not days to your life
(Rahul Prakash)

Jetzt war es genau ein Jahr her, dass sie Andy kennengelernt hatte. Die Zeit schien zu fliegen. Er war nun seit vier Monaten in Dänemark und gerade begann die Saison der Surfer in Klitmøller. Sie schrieben sich noch hin und wieder, aber eher oberflächlich. Zu verbindliche emotionale Themen ließen sie aus. Ole und Andy hatte seit April eine Aushilfe und Andy schickte Heike ein Foto, auf dem sie alle drei zusammen im Laden zu sehen waren – Andy und Ole hinter dem Kassentisch und Wiebi auf dem Tisch. Sie sah wirklich gut aus. Anfang 20, schlanke sportliche Figur, blonde lange Dreadlocks, eine herzliche Ausstrahlung. Vielleicht war dies Andy`s zukünftige Freundin. Es würde gut passen und Heike würde es ihm gönnen. Sie war inzwischen 46 und hatte nicht vor, sich jemals Dreadlocks machen zu lassen. Sie lächelte ein bisschen wehmütig und schickte das Foto weiter an Sabine.

Heike bezahlte ihren Cappuccino und verließ das Straßencafé. Im Vorbeigehen blieb ihr knielanges

Sommerkleid am Stuhl ihrer Tischnachbarin hängen.
„Oh, tut mir leid" sie befreite sich entschuldigend.
Die ungefähr 30jährige Frau lächelte ihr zu.
„Kein Problem. Das Kleid ist ja traumhaft, ich wünschte ich könnte so etwas auch tragen – aber bei meiner Figur…"
Sie sah frustriert an sich herunter.
„Wie machen Sie das so schlank zu bleiben?"
Sie erinnerte Heike daran, dass sie vor genau einem Jahr ähnliche Proportionen gehabt hatte und konnte es kaum fassen, dass sie es wirklich bis hier geschafft hatte.
„Vielen Dank, irgendwann hat es einfach Klick gemacht! Das schaffen sie auch, gar kein Problem!"
Sie lächelte der Frau aufmunternd zu und lief die Straße herunter.

Sie hatte ihr Ziel erreicht.
75 kg – das waren 45 kg weniger als vor einem Jahr. Es war so viel passiert. Eine aufregende Zeit voller spannender Erfahrungen lag hinter ihr, von der sie im Leben nicht gedacht hätte, dass ihr jemals so etwas passieren würde. Einige Meter entfernt erblickte sie einen Punk mit einem grünen Irokesenschnitt, einer löchrigen schwarzen-grauen Tarnfarbenhose und einem großen schwarzen Schäferhund und plötzlich wurde ihr bewusst, dass sie in der „Schuhstraße" stand. Die Erinnerung an ihr erstes Treffen mit Andy

vor genau einem Jahr an genau diesem Ort ließ sie einen Moment lang befürchten, die Zeit würde sich zurückdrehen und alles würde sich wiederholen. Sie wartete fast darauf, im Vorbeigehen wieder angesprochen zu werden – aber nichts passierte.

Ende

Nachwort:

Auch zur Corona-Zeit muss man noch Träume und Projekte haben – eines davon halte ich nun in der Hand. Vielleicht kann es nicht mit den großen Werken und Büchern mithalten, aber sich doch zumindest in die Reihe einiger schöner Geschichten einfügen.

Alle Vorkommnisse und Personen sind natürlich frei erfunden und alle Übereinstimmungen nur zufällig entstanden. Viele der traumhaften Plätze in und um Hannover gibt es zum Glück wirklich.

Dankbare Grüße auch an dieser Stelle an meine großartige Familie, die seit Januar 2020 die Launen etlicher kurzer Nächte zwischen Homeschooling und Homeoffice ertragen musste. Ich liebe Euch, ihr seid die Besten! :-)